人妻手記

秘密のセカンドパートナー
～不倫妻たちの告白

竹書房文庫

第一章

秘密のセカンドパートナー

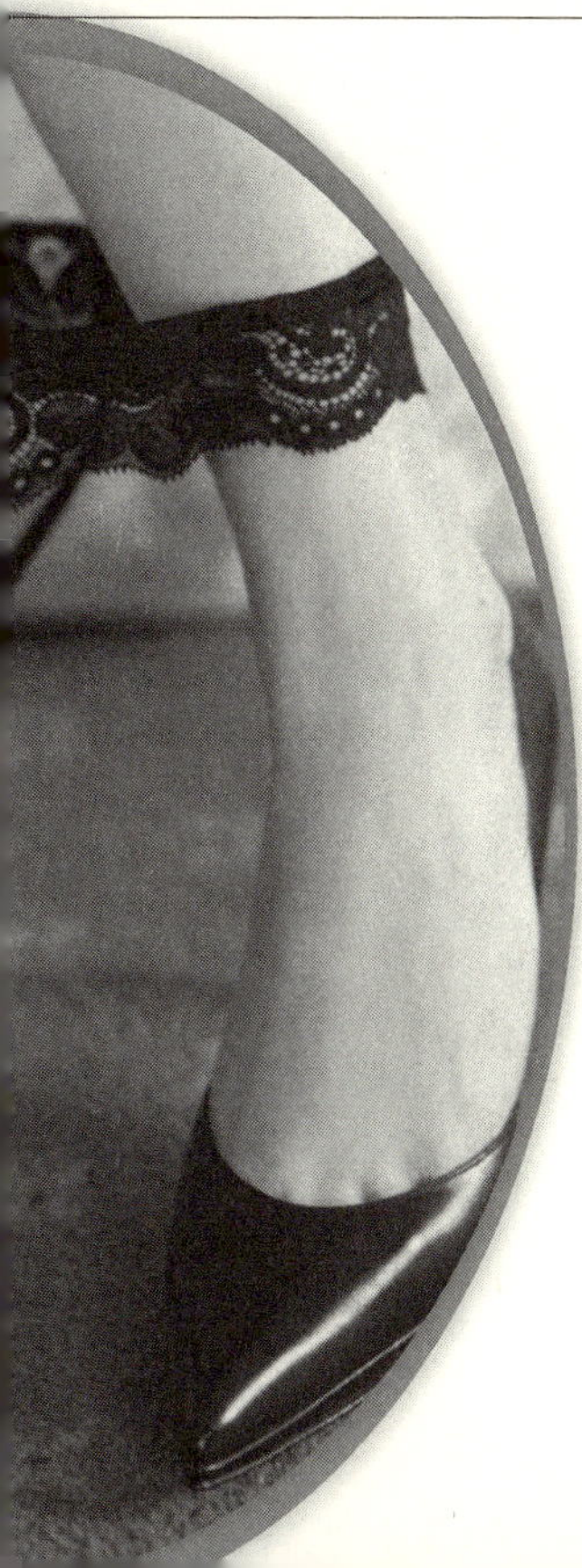

第二章 はじめての快感

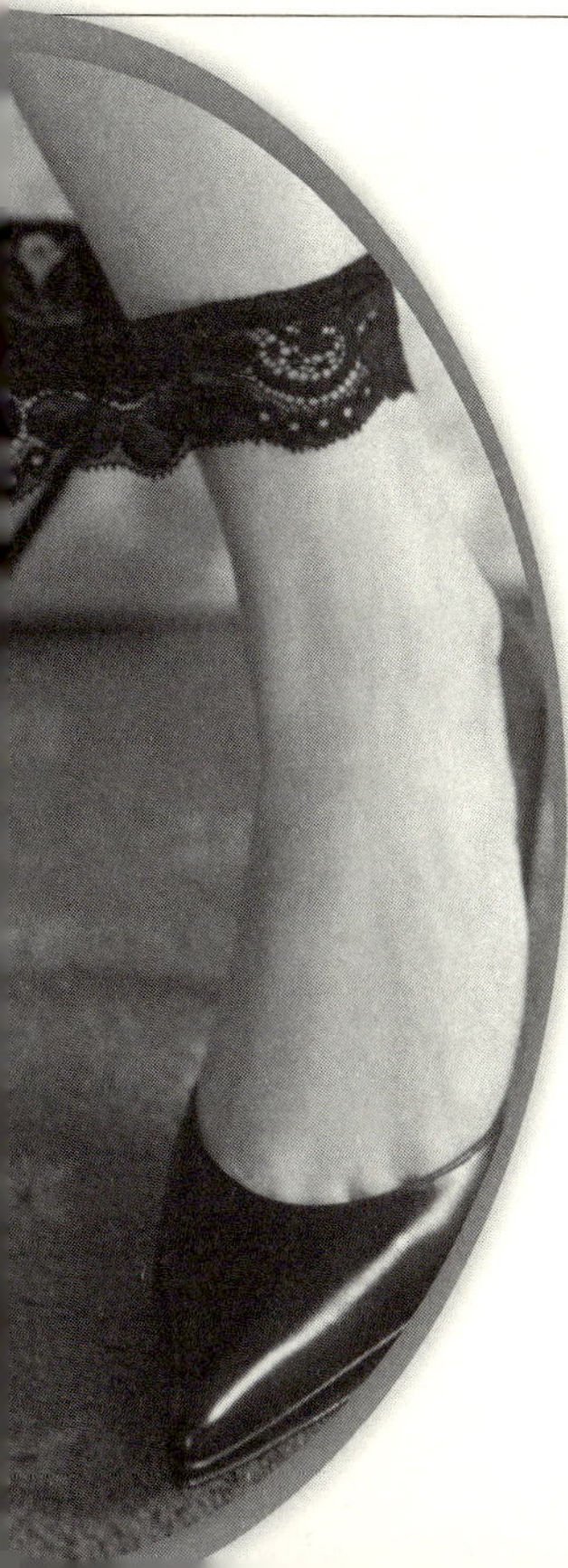

第三章

アブノーマルな快感

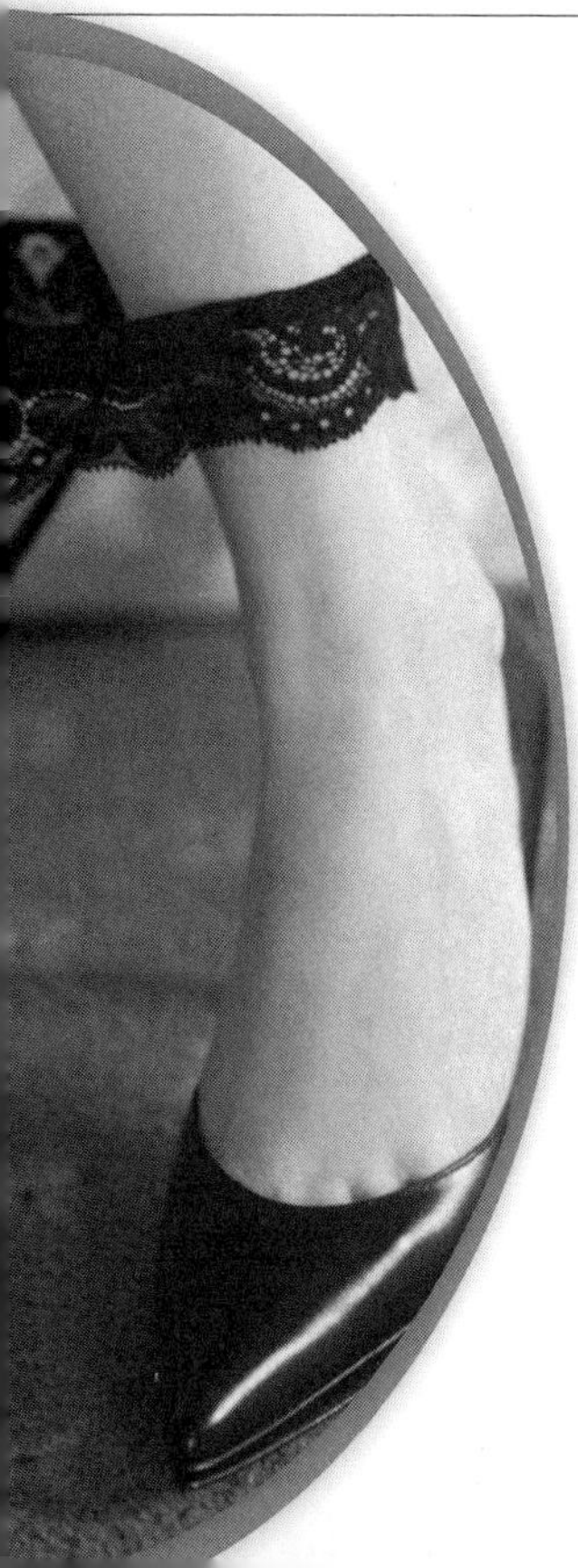

第四章　禁じられた快感

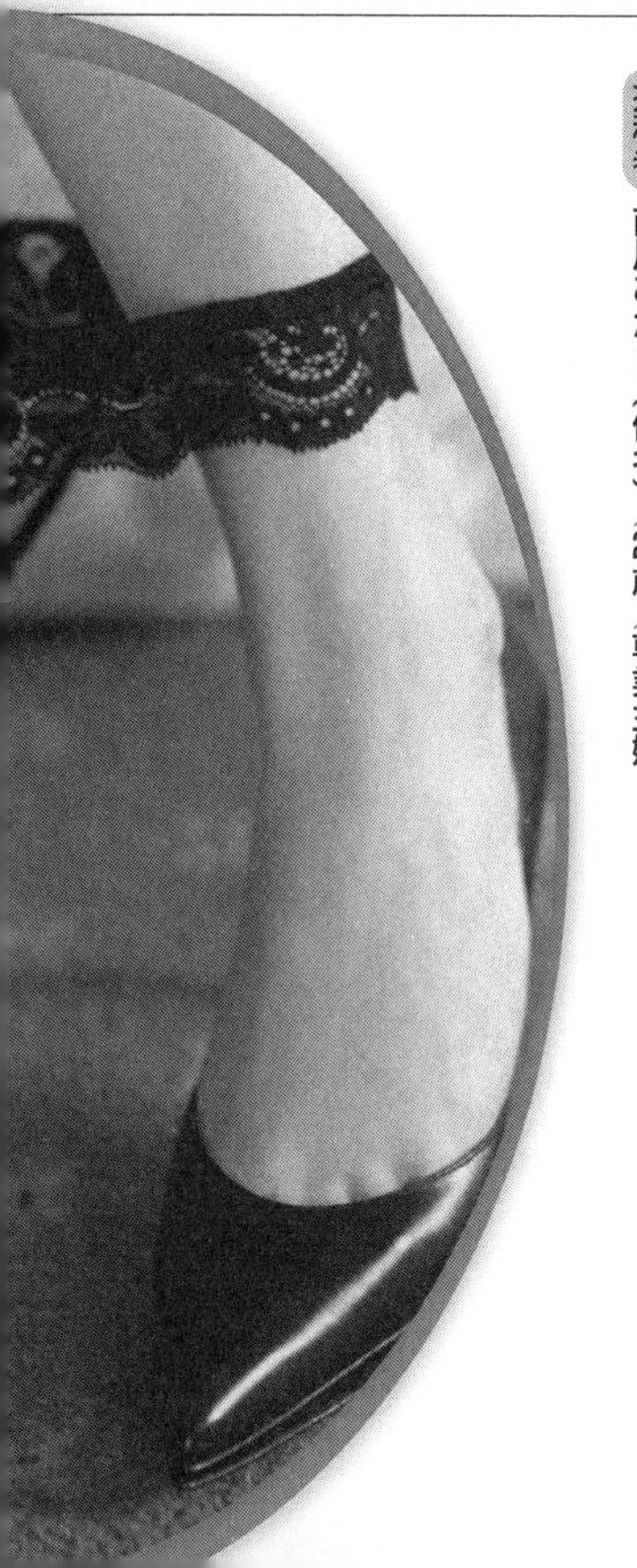

第一章
秘密のセカンドパートナー

■夫には望めない、ケダモノのように荒々しい愛撫に、私の性感は陶然と酔いしれ……

夫の双子の兄を誘惑し性の渇望を満たしてしまった私！

投稿者 鎌田みどり（仮名）／29歳／専業主婦

私には、世界でもっとも愛する夫がいます。

容姿も人柄も最高で、どんな困難もこの人と一緒なら乗り越えていけると思わせてくれる、まさに人生のパートナーと呼ぶに相応しい男性なのです。

ただ、そんな夫にも、一つだけ不満な点がありました。

それはセックスです。

私、独身の頃はそれほど性欲も強くなく、夫婦間においてセックスなど二の次だと思ってて、だからこそ、セックスに対して淡泊かつ、あまり精力的でもない夫と結婚することに、なんの支障も感じてはいませんでした。

ところが、女体の不思議というか、生理的変化というか……結婚して一年ほど経った二十七歳になったあたりから、自分でも驚くほど格段に性欲が強くなってしまったんです。

テレビドラマとか、小説とかでちょっとエッチな場面を目にするだけで、やたらアソコがムズムズしてきてしまって、思わずそのたびに自分の指でクチュクチュと……。いろんな妄想も激しくなってしまい、なんで私ってばこんなに淫乱になっちゃったんだろ？　と、とまどうばかりでした。

でも、当然のごとく、夫はそんな私の狂おしいばかりの欲求に応えてくれることはなく、夫婦生活といえば、これまでと同じく月に一回、判で押したような刺激も面白味もない、最低限の定例行事としてこなされるだけ……とてもじゃないけど、私のこの燃え上がるような性欲を満足させてくれるものではありませんでした。

かと言って、出会い系とかで見ず知らずの相手と不倫するとか、そんな夫を裏切るようなことはしたくありませんでした。だって、人生のパートナーとして、夫以上の人はいないのですから。

日々悶々とする私でしたが、そんなある時、いきなり救いの手が、夫を裏切ることなく性の悦びを分かち合える存在……いわばセカンドパートナーを見出すことができたのです。

それは何を隠そう、夫の双子の兄の悠太さんでした。

双子だけあって容姿はそっくり。人柄も夫に負けず劣らずやさしく穏やかで、非常にできた人です。

でも、一つだけ夫とは異なること……それは、性欲が強く、セックス大好きという点でした。

言い方を代えれば、彼はセックスが大好きな夫なんです！

何を自分に都合のいいことを、と言われそうですが、心の底からそう感じてしまったのだから仕方ありません。

一番最初は、夫が会社に行っている平日の昼間、悠太さんが実家のお義母さんからの届け物……家庭菜園で採れた野菜を持ってきてくれた時でした。悠太さんは実家で自営業（建築事務所）を営んでいるため、時間の融通が利くのです。

すでに悠太さんの嗜好の調べがついていた私は、マンションの居間でお茶を淹れてあげつつ、さりげなく誘いをかけました。

「本当にお忙しいところ、わざわざありがとうございます」

私は彼が来る前に襟ぐりの広く開いたカットソーに着替えており、湯呑みに急須でお茶を入れてあげつつ身を屈め、わざと自慢のFカップの胸の谷間が見えるようにしました。……というか、より攻撃的にノーブラにしていたため、谷間というよりも豊かな〝房〟が揺れるのが、間違いなく悠太さんの目には映ったはずです。

案の定、彼の食い入るような視線をひりひりと感じることができました。ゴクリ、と生唾を呑む音まで聞こえたくらいです。

よし、もうひと押し……手応えを感じた私は、次の攻撃に移りました。

先だって夫と二人で行った旅行の写真を見せるといって、アルバムを持って悠太さんのソファの隣りに座ったのです。

「そうそう、この時ね～……」

そして写真の説明をしつつ、彼の耳朶に熱い吐息を吹きかけるようにし、さらに胸の〝房〟をグリグリと腕に押し当てました。

「あ、あの、みどりさん……ちょっと、俺……」

がぜん、悠太さんの様子がおかしくなってきました。ズボンの股間を押さえるようにして、ハァハァと息を荒げています。

「なぁに、悠太さん？」

私は白々しくそう言うと、さらに〝房〟の圧力を強めました。

その時です。

「ああっ、ダメだ……ガマンの限界！」

そう叫んで、悠太さんがガバッと覆いかぶさってきたんです。

「あ、悠太さん、な、なにを……?」

と、私は一応形だけ驚きと非難の態度をとりつつ、もちろん本気ではなく、彼の体を絡め取るようにして自分からソファに倒れ込みました。

「ハァハァ……みどりさんが悪いんだよ！　こんな魅力的なカラダを見せつけるから……もう俺、たまんないよ！」

まんまと罠にかかったとも知らず、悠太さんはさも良心の呵責に堪えかねたような苦し気な声でそう言うと、でも、いったん決壊してしまった欲望のダムはもう復旧できないとばかりに、勢い込んで私の肉体にむさぼりついてきました。

「ああっ、なんでノーブラ……こ、こんなの反則だよぉっ！」

カットソーをめくり上げ、プルンとまろび出た私のオッパイを激しく揉みしだき、チュウチュウと音を立てて吸い搾りました。

「ああん、あああっ、はぁうぅ……！」

夫には望めない、ケダモノのように荒々しい愛撫に、私の性感は陶然と酔いしれ、喜悦の喘ぎをほとばしらせてしまいました。

悠太さんは私のスカートも脱がせつつ、自らもズボンをずり下げ、ぴっちりとしたボクサーパンツの股間を見せつけてきました。

それは布地を突き破らんばかりに雄々しくムキムキと張り詰め、夫のモノを軽く二回りは上回るであろうことが一目瞭然です。

私はたまらなくなってしまい、自分からそれに取りつくと、パンツをずり下げて、ブルンと勢いよく振り立てられた肉身を咥え込んでいました。

「ああっ、みどりさん……！」

嬉しい驚きに感嘆の声を上げる悠太さんにニヤリと笑みを向けつつ、私は持てるテクニックのすべてを総動員して、彼のペニスを責め立てました。

大きく張り出した亀頭の笠の縁を舌先でレロレロとなぞるようにして、ガマン汁を滲み出させている鈴口を舌先でグリグリとほじくり立て、全体をズボリと喉奥まで呑み込むと、ジュッポ、ジュッポとあられもない音を立てながらしゃぶり上げました。

左右の手を使って、彼のアナルとタマタマを刺激することも怠りません。

「ああっ、すご……いいっ……みどりさぁん……」

悠太さんは真っ赤に充血した亀頭をズルンと私の口から引き抜くと、私の体をグイと押し倒し、太く血管を浮き出させ限界まで膨張したペニスを、ヌプヌプと私の淫らに濡れそぼったアソコに沈み込ませてきました。

「ああっ、悠太さん……はひぃ、はふ、あああん！」

そのたまらないインパクトを全身で受け止めながら、私の中で、今激しく腰を振っている義兄と、愛する夫の存在が一体化していました。

「あっ、あっ、あぁあっ……あなたぁっ！」

思わずそう叫んでしまい、悠太さんの大量の精を受け止めながら、襲い掛かる絶頂に全身を激しく震わせていました。

「ごめんね、みどりさん……俺、弟に合わせる顔が……」

「ううん、いいのよ、悠太さん」

義妹を犯してしまった罪の意識に声を落とす彼に、私はやさしく微笑んで言ってあげました。

「私の中で、夫もあなたもかけがえのない、大切なパートナーなの。これからもよろしくね」

そして、悠太さんとの関係は、もちろん今も続いています。

■貧弱気味の夫にはとても望めない荒々しい愛撫にさらされ、私は思わず甘苦しく……

移動販売車の彼の巨根の快感に喘ぎ泣くイケナイ社宅妻

投稿者　菊池真奈（仮名）／25歳／パート

私はサラリーマンの夫と二人で、社宅に住んでいます。子供はまだいません。

その社宅は、ちょっと辺鄙なところに建っているので、日常の買い物に行くのも一苦労。うちは車も持っていないので、同じ社宅の奥さんの車に乗せてもらってスーパーに行ったりもしますが、そうそうしょっちゅうというわけにもいきません。

そこで重宝するようになったのが、新鮮野菜を中心に食料品をライトバンで売りに来てくれる移動販売車です。

品物もいいし、お値段も手ごろなので、社宅の奥様たちの皆が基本、利用しているのですが、足が無い私ほどひいきにしている人は他にいませんでした。

なので、そのオーナーの佐藤さんと人一倍親しくなってしまったのも、仕方のないことだったかもしれません。

彼は三十一歳の独身男性でしたが、正直イケメンというには程遠く、他の奥様連中が彼のことを〝男〟として意識するようなことはありませんでした。

でも、私はより多く彼と接しているうちに、そのやさしくて明るい人間性にどんどん惹かれていってしまったんです。そして、その想いは当然彼にも伝わっていったようで……向こうも私に対して好意的な態度をとるようになりました。

ある日のことです。

朝の十時半頃、いつもどおりその日の販売を終えて、他の皆が各々帰っていったあとも、私と佐藤さんはあれこれ話をしていたんですが、おもむろに彼が、

「あ、急にトイレ行きたくなってきちゃった……菊池さん、すみません、申し訳ありませんがお借りできませんか？」

と、言ってきたのです。

正直、私は躊躇してしまいました。当然といえば当然ですが、それまで私は彼のことを家に上げたことはなかったのです。でも……、

「ああ、漏れそうだ……頼みます、菊池さん！」

そう懇願されて、ついに首を縦に振ってしまいました。

「ああ、ありがとうございます！　恩に着ます！」

でも、さすがに他聞をはばかることなので、私は辺りに誰かの目がないかキョロキ

ヨロと確認してからようやく、彼を家に招き入れたのです。

小走りでトイレに駆け込んだ彼でしたが、数分後、すっきりした顔で外に出てきました。でも、はいそれじゃあサヨナラというのも悪いかなと思い、リビングでお茶を出してあげました。

「あ、恐れ入ります……」

恐縮して湯呑に口をつける彼。

話の接ぎ穂が見つからず、黙ってしまった私。

そのほんの数秒の沈黙の時間の直後でした。

二人の間にえも言われぬ緊張感が走ったかと思った瞬間、彼がいきなり私のことを押し倒してきたんです！

「あ、佐藤さん……な、なにを……っ⁉」

「菊池さん、ずっとあなたとこうしたいなって思ってたんです！　菊池さんだってきっと……っ！」

そう言われるとそうなのかな……私の中を一瞬の葛藤が満たし、そしてすぐに、ええ、私も佐藤さんとこうなりたかったんだわ……と、同調してしまっていました。

野菜の栽培、収穫で武骨に鍛えられた彼の力強い手が、カーディガンの前をはだけ、ブラウスの上からブラジャーごと私の胸を揉みしだいてきました。

「ああっ……はうぅ……！」

どちらかというと貧弱気味の夫にはとても望めない荒々しい愛撫にさらされ、私は思わず甘苦しく喘いでしまいました。

「ああ、やっぱり思ったとおり、揉みごたえのある素晴らしいオッパイだ……柔らかいけど弾力があって……サイコーです！」

「あん、あああっ……！」

調子に乗った彼はさらに私のブラウスの前ボタンを外し素肌を露出させると、ブラをグイと上にずらし上げました。プルンとナマ乳がこぼれ出てしまいます。

「うおおっ、乳首……きれいなピンク色！　ううっ……んぷっ！」

彼はいかにも嬉しそうな感嘆の声を上げると、私の胸に吸いつき、むしゃぶってきました。チュバチュバ、ジュルジュルとあられもない音を立てながら乳房を舐め回し、乳首を吸い搾ってきます。

「あひぃ……はぁん、ダ、ダメェ……ああん！」

本当は全然ダメなんかじゃなく、びっくりするくらい感じてしまっている私でしたが、そこはそれ……ねぇ？

「あぁっ……もうビンビンになってきちゃった。菊池さん、お互いのを舐め合いっこしませんか？」

佐藤さんがそう言って下半身を剝き出しにすると、夫の一・五倍はあろうかという迫力の勃起したペニスがブルンッ、と鎌首をもたげました。

こんなものを見せつけられたんじゃあ、こっちだってもうたまりません。

私もパンツと下着を脱ぐと、すっかり濡れきったアソコをあらわにしました。

そして、床のカーペットの上に寝そべった私たちは、シックスナインの体勢になって、お互いの性器を無我夢中で愛し合ったのです。

私は彼の太い肉竿に舌を絡みつかせ舐め上げ、亀頭を唇で呑み込んでジュボジュボとしゃぶり責めました。

「ああ〜っ、いいです、菊池さん……気持ちいいですぅ……」

そう言って、彼も負けじと私の肉花をむさぼってきました。

ドロドロに愛液で濡れた花びらを一枚一枚丁寧に舐めほぐし、奥にある肉芯をジュルジュルと淫撫してきます。

「はうっ……ああっ、それ……すごいぃ……」

「いやいや、本当にすごいのはこれからですよ！　それじゃあ、僕のチ○ポ、入れさせてもらいますね……う、うむぅ！」

グニュニュニュムゥ……という感じで、佐藤さんの巨大な肉竿が私の中に入ってきました。その衝撃的な快感といったら……！

「あっ、ああ、あああん……ひあぁっ！」

あられもない喜悦の悲鳴が私の喉奥からほとばしり、それに煽られるように、佐藤さんの腰の打ちつけもますます強くなっていきます。

「あふ、くう……菊池さん、好きだ、愛してますう！」

「ああ、私もよ、佐藤さん！　大好き！」

私たちはそう言い合って、より激しくまぐわうと、一瞬後、

「ああ、イク、イク……あああああ〜っ！」

「あう、僕も……で、出るぅ……！」

とうとう二人ほぼ同時にフィニッシュに達し、私は爆発的なアクメの中で、彼の熱い精の奔流をドクドクと受け止めていたのです。

それ以来、貴重な食材を運んでくれるだけでなく、彼は私にとって心身ともに、なくてはならない存在になったのです。

■Hカップある私の乳房に大家さんはむしゃぶりつき、グニュグニュと揉み回し……

浮気現場を見られた代償に大家さんの性の玩具にされて

投稿者　牧村ひとみ（仮名）／32歳／専業主婦

ピンポーン。

「はーい」

いつもどおりお昼の二時すぎ、玄関のチャイムの音に応えてドアを開けると、そこにはおなじみの朗らかな笑顔で、大家さんが立ってた。

「いいかい？」

「え、ええ……」

基本、こう聞かれて拒否する権利は私にない。

大家さんは三和土《たたき》で靴を脱いで室内に上がり込むと、私をギュッと抱きしめてくる。昔、消防士をしていたということで、今年でもう六十六歳になるというのに、体は頑健で、抱きしめてくる腕はとっても力強い。

「ああ、奥さんの胸、私の胸板に圧迫されても負けないくらいの弾力で、強く押し返してくる……たまらんなぁ……」

嬉しそうにそう言うと、少し体を離して服の上から胸の膨らみを鷲掴んで揉みしだきながら、ブチュウと舐め回すようにキスをしてくる。それなりに気を利かしてマウスウォッシュをしてきているらしく、ほとんど口臭はない。でも、唾液の粘り気は濃厚で、私の唇をさんざん弄んだ挙句口を離すと、テラテラと淫靡な輝きを放ちながら、ネットリとした糸をひく。

「あ……ああ……んん……」

夫が勤めに出ている平日の昼下がり、背徳の甘い快感に身をゆだねながら、

(アパートの大家と店子の主婦が、なんでこんな関係になっちゃったんだろう？)

と、私は少し昔に思いを馳せていた。

それは三ヶ月ほど前のこと。

私は地元から二駅離れた土地のラブホで、出会い系で知り合った男とさんざん真昼の情事をむさぼったあと、彼に肩を抱かれる格好でエントランスから出てきたんだけど、なんとそこでばったり大家さんと出くわしてしまった。

ちなみに大家さんもお楽しみだったらしく、いかにもプロっぽい派手な女性と一緒だった。でも、大家さんは二年前に奥さんを病気で亡くされていて、今は独身の一人

いかない。

暮らし。誰とどう付き合おうが文句を言われる筋合いはないけど、私のほうはそうはいかない。

夫がいる身でありながら、よその男とホテルから出てくる不貞の現場を見つかってしまったわけで……もう頭が真っ白だった。

二駅離れた場所なら、誰か知り合いに見られることもないだろう……私と大家さん、二人して同じ日にそう思って、まさかこんな形で出くわしちゃうなんて、ほんと、悪いことはできないなぁって感じ。

その時は、大家さんも一瞬ニヤリと笑ってアイコンを送ってきたものの、何を言うこともなく、私たちは黙って何食わぬ顔ですれ違った。ホッと一安心した私だったのだけど……。

あくる日、買い物から帰ってきた私は、アパートの前を掃き掃除していた大家さんに呼び止められた。

「牧村さん、あとでうちに来てお茶でも飲まないかい？　お互いに話したいことがあるんじゃないかなあ？」

もちろん、断ることなんてできるわけもない。

私は自室に戻って買い物袋の中身を整理すると、アパートの隣りの敷地に建っている大家さんの自宅を訪ねた。

「やあ、いらっしゃい。昨日はびっくりしちゃったよ。まさかあんなところで会うなんてね。私が商売女と歩いてたこと、頼むから誰にも言わないでおくれよ」

ニコニコして言う大家さんのその言葉が、ズシンと私の胸奥に響いた。

(本当に誰にも言われたくないのは私のほう……それをわかってて大家さんったら)

あからさまなプレッシャーをかけられ、私はもう萎縮するばかり。

大家さんが入れてくれたコーヒーに口をつけることもできず、ただ黙って下を向くばかりだったんだけど、その隣りにスルリと滑り込むように大家さんが座ってきた。

「ふふ、ねえ牧村さん、お互いに大人なんだから、ここはひとつ大人の話し合いといこうじゃないか。もちろん、昨日のこと、ダンナさんはおろか、他の誰にも言われたくないよね?」

私はうつむいたまま、コクリとうなずく。

「うんうん、そうだよねぇ……もちろん言わないさ。でも、牧村さんもちゃんとダンナさんがいるのに、あんなことしてたってことは……セックスが満たされてないってことだよね? 私もいわば同じだ。連れ合いを亡くしたというのに、アッチのほうはまったく衰えなくてねえ……この歳にして毎日ビンビンって有り様なんだ」

どうやら話の先行きが見えてきた。

「そこでだ。私たち、セックスパートナーにならないか？　いわば共犯者になれば、秘密を漏らすこともないだろ？　どうだい？」

どうだいも何も、今の私の立場で拒否できるわけもない。

それに、セックスに淡泊な夫に大きな不満を抱いていることも、否定しようのない事実だった。〝毎日ビンビン〟という大家さんの言葉が、なんだかもう頭にこびりついて離れなくなってしまった。

私は今や素直にこう答えていた。

「わかりました。なりましょう、セックスパートナー」

「ふふ、そうかい。嬉しいねえ……実はずっと前から牧村さん……奥さんのこと、いいなあって、指をくわえながら見てたんだ。恥ずかしながら、奥さんのその立派な胸を思い浮かべながら、この歳でオナニーしたことだってあるんだよ」

私のことを思い浮かべながらオナニー……そんなことを聞かされて普通なら「キモッ！」となるところだろうけど、不思議にそうは思わず、なんだか嬉しくなってしまった。こうやって、私のことを欲しがってくれてる男もいるんだよ！　と、あの夫に言ってやりたいぐらいだった。

「よし、じゃあ早速……」

大家さんはそう言って、私の肩に手をかけてきた。

「えっ……今すぐですか？　私さっき、買い物に行ってちょっと汗かいちゃったし、せめてシャワーを浴びてから……」

「いやいや、いいの、いいの！　奥さんのナチュラルな体臭を楽しみたいんだ。ちょっと汗臭いだなんて、余計香ばしくていいじゃないか」

大家さんは私の気おくれを気にすることもなく、むしろ大喜びで衣服をむしり取りすがりついてきた。

「あっ、あああっ……！」

今日は下着はブラではなくキャミソールだったため、いとも簡単に脱がされ、裸の胸を露出させられてしまった。

Hカップある私の乳房に文字どおり大家さんはむしゃぶりつき、グニュグニュと揉み回しながら、直径四センチほどもある乳輪を、一センチほどにも勃起し膨らんだ乳首を舐め、吸い上げてきた。

「ああ、美味しい、美味しいよぉ……思ってたとおり、サイコーのオッパイだよぉ」

「んはっ、はぁ……ああん！」

大家さんはそうしながら、同時に実にスムーズに私のスカートとストッキングを脱がし、ショーツを剝ぎ取ってしまった。確かに百戦錬磨を思わせる早業。

そして、自らも裸になると、私に見せつけるように股間をさらして……その勃起したペニスのすごいことといったら……！

長さは優に二十センチ近くあり、太さも直径五センチに迫り、表面に太い血管が浮き出たその存在感は、一瞬恐れを感じてしまうほどだった。でも、そんな気持ちはほどなく消え去り、代わってどうしようもない興奮が私の中に湧き上がってきてしまった。ああ、このチ〇ポが欲しい……思いっきり入れて欲しい！

すると、そんな私の内実を見透かしたかのように、大家さんは、

「なあ、奥さん、あんたももうすっかり準備ＯＫなんじゃない？　身じろぎするだけでアソコがグチュグチュ、スケベな音立ててるよ」

なんて恥ずかしい……で、でも……図星！

「私ももう全然余裕ないからさ、クンニとかなんとか前戯なんかすっ飛ばしていいよね？　あ、あと、心配かもしれないから言っとくと、私、パイプカットしてるから、妊娠の心配はないから。いや、昔ね、悪さが過ぎて家内に無理やり手術受けさせられて……まあ、子供も五人もいるからいいかってね」

はっきり言って、興奮のあまり妊娠の心配なんて、まったく頭になかったんだけど、そう言ってもらえると、たしかに安心できた。

「さあ、入れるよ……ん、んんんっ！」

大家さんが腰を突き出し、極太長大ペニスをズブズブと私の膣奥深くに沈めてきた。

「ひあぁっ……あんん、あああっ……！」

その熱くえぐるような衝撃的快感ときたら、夫とのセックスとは比べものにならないものだった。胎内で何かが爆発するようないくつもの光がまたたき、そのたびに甘く激しい電流が全身を貫く。

「はぁはぁはぁ……奥さん、こっちもいいよぉ……奥さんの中、チ○ポにウネウネと絡みついてくるみたいで……なんて名器なんだ！」

「ああん、はぁうぅ……！」

「うくぅ……もうダメだぁ……イ、イクゥ……」

「あああああああああっ！」

大家さんのフィニッシュと同時に、私もオーガズムに達し、頭の中が真っ白に灼けつくようだった。

それから、大家さんは週イチのペースでやってきて、私を求めるようになった。

始まりは脅迫まがいだったけど、今や私のほうも、大家さんの来訪を待ちわびているというわけ。

くれぐれも夫にはナイショよ。

■先端からにじみ出たガマン汁の味が妙に甘く感じられ、私の欲望もがぜん昂ぶって……

初恋のカレに似た若い新聞勧誘員を淫らに誘惑した私

投稿者 浅田はるか（仮名）／26歳／パート

その出会いは、とにかく鮮烈でした。

私がスーパーのパートから自宅アパートへ帰ってきた、夕方近くのことでした。

「こ、こんにちは……○○新聞です……ちょっとお時間、よろしいでしょうか？」

玄関でそう呼ぶ声が聞こえ、私は奥の部屋で溜息を吐きながら、仕方なくそちらへ向かいました。夫の会社の業績も悪く給料は下がる一方で、家計はなかなかにシビア……そんな状況で新聞の勧誘に来られても、うちには余裕がないんです。

（あ～あ、断るのめんどいな～……）

そう思いながら、一方で私は、そのいつもの新聞勧誘員のノリとは違う、かなりたどたどしく気弱そうな声に妙な違和感を感じていました。

「ごめんなさいねー、うち、新聞とる余裕なんてな……」

そう言いながら、玄関にいる相手の顔を見た瞬間、私は一瞬言葉を失い、その場で固まってしまいました。

その新聞勧誘員の彼は、細面の繊細そうなイケメンなところといい、ひょろっとした長身のところといい、私の中学時代の初恋のカレの雰囲気にそっくりだったんです！　彼自身はおそらく大学生くらいでしょうが、いかにもピュアそうな感じがナチュラルにそんなふうに思わせたのでしょう。

「あ……ダメですか……わかりました、すみません……」

がっくりと肩を落として帰ろうとする彼を、私は慌てて引き留めました。

「あ……いいえ、久しぶりに新聞とってもいいかなって、最近ちょっと考え始めたところ。ねえ、ここじゃなんだから中に入って。話聞かせてもらうわ」

「え、ほんとですか？」

彼はぱっと顔を輝かせ、少年のような笑みを見せました。

ああ、その笑顔がますます初恋のカレにそっくりで！

私はあの頃に戻ったように……思春期の少女のように胸をときめかせ、彼を居間に通し、かいがいしくお茶とお菓子を用意しました。

そして、一生懸命、今契約するとこんな特典やサービスが、というセールストークを一生懸命展開する彼の話を聞いていたのですが、なんだかだんだんイケナイ気持ちがムラムラ湧いてきちゃって……この辺、思春期の少女どころか、汚れた欲望にまみれた欲求不満の人妻に成り下がっちゃいましたね。

私は、ふんふんといかにも彼の話を熱心に聞いているふうを装って、その隣りににじり寄っていきました。そして、いつしか、ぴったりと寄り添うように座って。

でも、彼はセールストークに必死なあまりか、まったく不自然さを感じていないようで……そのまっすぐさが、余計キュンとしちゃうんです。

私は彼の耳朶に息を吹きかけながら、こう言いました。

「わかったわ。私の言うとおりにしてくれるんだったら、三ヶ月分だけ契約してあげてもいいわ」

「え、ほんとですか？　三ヶ月でもありがたいです！　僕、新聞奨学生なんですけど、そういうの、けっこう大事なもので……」

「そう。じゃあ交渉成立ね」

彼の素直に喜んだ顔を淫靡な笑みで見返しながら、私はしなだれかかり、熱い接吻をかましていました。

「ん……んんっ⁉」

突然の出来事に目を白黒させている彼を尻目に、私は唇を割って舌を滑り込ませ、絡みつかせ、ジュルジュルとあられもない音を立てながら、口内の唾液を激しく啜り上げました。

「んぐ、んぶ、うくぅ……ぐぅ……！」

最初はとまどい、抗う姿勢を示していた彼でしたが、私の有無を言わせぬ責めに、だんだんと体の力が抜けてダランとし……逆に私の体に腕を回して抱きしめるようにしてきました。

「……ぷはぁっ、そう、いい子ね。お姉さんのいうとおりにしたら、悪いようにはしないから。ね、一緒に気持ちよくなりましょ？」

私は彼がコクンとうなずいたのを見ると、体を離して彼のジーンズを脱がせにかかりました。下から現れたボクサーショーツの股間は、私のディープキス攻撃ですっかり興奮していたらしく、パツンパツンに大きく張り詰めていました。

「あら、細身の体に似合わずたくましいのね……ステキ」

私はそう言って、ショーツの上からスリスリと撫でてあげました。すると、その部分はがぜんさらに硬く勢いを増し、布地の表面をじわっと濡らしました。

「ああ……奥さん……」

「奥さんじゃなくて、お・ね・え・さ・ん、よ」

「お……ねえさん……ああ、僕、たまんないです……」

その言葉を聞いて、もう無性に彼のことが可愛くなってしまい、私はボクサーショーツを引きずり下ろすと、ビョン！　と、すごい勢いで奮い立った彼のペニスを両手で支え持ち、ズボリと喉奥まで呑み込みました。そして、舌をウネウネと絡みつかせながら、ジュッポ、ジュッポと激しくしゃぶり立てました。先端からにじみ出たガマン汁の味が妙に甘く感じられ、私の淫らな欲望もがぜん昂ぶってしまいます。

「ああ、おねえさん、そんなにされたら、僕、もう……」

「ぐふぅ……ふう、いいのよ、思いっきり私の口の中に出して！」

「あ、ああ、あっ……イ、イク……ッ！」

全身がブルッと大きく震えたかと思うと、彼の亀頭が炸裂し、私の口の中に熱くて大量の精液が解き放たれました。

「あ……ああ～～～……」

彼は惚けたような声を上げてぐったりとしてしまいましたが、もちろん、私はそれで済ます気持ちはありません。

「どう、よかったでしょ？　さあ、今度はあなたが私を気持ちよくしてくれる番よ」

そう言って、自ら服を脱いで、全裸の体を彼に見せつけました。それほど大きくはありませんが、昔から〝美乳〟の誉れ高い胸に彼はくぎ付けになり、勇んでむしゃぶりついてきました。

「ああ、そうよ……舐めて……吸って……いいわぁ……ほら、下のほうも舐めてぇ……ベロで中をグチャグチャに掻き回してぇ……」

「んぐっ……は、はい……んじゅう、グプッ……」

彼は私に言われるがままに愛戯に没頭し、そうするうちに、さすがの若さ！　再びムクムクとペニスが勃起してきました。

「ああ、早く、そのたくましいオチン〇ンをちょうだい！」

私はそう言って彼のソレを摑むと、自分のアソコに引き寄せて導き入れました。

「あう、おねえさんの中……とっても熱くて……せまい……イ！」

彼はそう喘ぎながら、すごい勢いで私に腰を打ちつけ、子宮に届かんばかりに深くえぐってきました。

私は思春期のあの頃に戻ったような鮮烈な気持ちの中、無我夢中で快感に溺れ、数分後、恥も外聞もなくイキ果てていました。彼の二発目のほとばしりをその胎内に呑み込みながら……。

「じゃあ、次は一ヶ月後の集金の時にまた楽しみましょ。そうやって私を満足させてくれたら、三ヶ月といわず、そのうち契約をもっと延長してあげてもいいわよ」

「は、はい……がんばります！」

なんだか二度目の青春がやってきたみたいな感じ……新聞代は家計的にはちょっと痛いけど、この甘酸っぱい快感の悦びには代えられません。

■強制フェラをやらされながらの無理強いオナニーは、それはもう私のマゾ心を刺激し……

秘密のマゾ欲望をSMパートナーとの貪欲プレイで解放

投稿者　高見沢遼子（仮名）／28歳／専業主婦

私の夫はとっても紳士でやさしい人で、周りの誰からもうらやましがられています。勤めも県庁で働く公務員ということで、将来的にも安泰。生涯の伴侶として、まさに理想のパートナーだと思ってます。

でも、だからこそ、私には彼に打ち明けられない、秘密の性癖があるのです。それは、正真正銘のマゾ女だということ。

なじられて、けなされて、いじめられて、虐げられて……ぼろくそに扱われてこそ、心から興奮し、悦びを感じることができる……因果な女なんです。

なので、そういうプレイでなきゃ本当に満足することはできないんですが、とてもじゃないけど、それを夫に求めることはできません。きっと「この変態女！」とののしられて（ああ、そのシチュエーションを想像しただけでゾクゾクしちゃう、救いようのない私ですが……）、まず間違いなく離婚されてしまうでしょう。

かと言って、死ぬまでそんな自分の本性を抑えつけて生きていくことなど、できるわけもありません。

体の奥底から突き上げてくるマゾ欲望を解消し、夫とのノーマルな生活をガマンして続けるべく、とうとう、出会い系でSMパートナーを探してしまいました。

その彼とは、だいたい月に一～二回、隣りの街にあるホテルでプレイを楽しんでいます。彼はKさんといって、私より少し年上の三十一歳。見た目は夫と似たようなお堅い印象なのですが、その実、中身はとんでもないサド野郎。そのギャップがまたどうしようもなく燃えちゃうんです。

彼の車でホテルにチェックインするまでは、ごく普通の会話でナチュラルにやりとりするのですが、部屋に入った途端に関係性は一変します。

「おら、何澄ました顔して突っ立ってんだよ？　メス犬ならメス犬らしく、とっととご主人様に奉仕しろ！」

Kさんは私の頭をグイと押さえつけて自分の前にひざまずかせると、腰をぐいと突き出して、私の顔になすりつけてきました。

「え、せめて先にシャワーを浴びてから……」

私はあえてちょっと躊躇して見せ、すると彼は、

「ふざけんな！　俺様のかぐわしいチンカスを味わわせてやろうってんだ！　ありがたくさっさとしゃぶらねえか！」

　と激高し、私は慌てて、

「ひぃっ、申し訳ございません、ご主人様ぁ！」

　と言って、彼のベルトを外して下着ごとズボンを脱がせ下ろすと、眼前に現れ出たペニスを手にとって、そのまだだらりとした肉身を口に含むんです。

　柔らかい亀頭に絡みつかせるようにニュルニュルと舌を蠢かせ、唇でキュウキュウと吸い上げるようにすると、だんだん肉身が硬さと大きさを増していきます。

「ほら、いつまで手ぇ使ってんだよ？　手ぇ放して今度は口だけで奉仕しろ！」

「は、はい……」

　私は言われたとおり、手を使わずに七割がた勃起したペニスを咥え込んで、顔と首を必死に動かしてフェラに励みました。すると、そのアンバランスな力感が逆に刺激的らしく、Kさんのペニスはすぐさま MAXに近い状態に増長しました。

「んぐっ、はぐっ、ふぐぅ……」

「うう……こら、誰が手を遊ばせておいていいって言った？　その手を使って、自分で胸とマ○コいじくって、オナニーしてみろ！　薄汚いメス犬みたいにな」

私は言われたとおり、フェラチオしてるせいで見えないのを無理やり服をまさぐってボタンを外し、ジッパーを下げて胸と下半身に手をこじ入れて、乳房とアソコを自分で刺激し始めました。

「んぐぅ、うぶっ……うぐぐぅっ……」

強制フェラをやらされながらの無理強いオナニーは、それはもう私のマゾ心をいたく刺激し、必死でペニスをしゃぶりながら、とんでもなく感じてしまいました。

「うっ、ぐぅ……この淫乱メス犬、いやメス豚がっ！　そんなにオナニーでヨガると、こっちまでスケベな振動が……くうっ！　おら、もうフェラはいい！　後ろ向いて床に四つん這いになって尻を突き出せ！」

「あふぅ……は、はいぃ、ご主人様ぁ……」

私はマゾ快感でフラフラになりながら、床に倒れ込むように言われたとおりにしました。そうしながらも、胸とアソコをいじる自分の手を止められません。

我ながらあきれるほどの淫乱マゾ女です。

「よし、そのグッチャグチャの腐れマ○コに俺様のオチ○ポを恵んでやるからな、ありがたく思えよ、この変態メス豚がっ！」

「ああ……ありがとうございますぅ……ご主人さ……ッ！」

私の嬌声を引き裂くように、Kさんの勃起ペニスがバックから深々とアソコを貫いてきました。私の淫肉がグニュルウッと淫らな悲鳴を上げます。

「あひ……はぁうぅ、すごいぃ……ご主人様ぁっ！」

「おらおらっ、このメス豚がぁっ、ヨガり死ねぇっ！」

「あぐぅ、うぐあぁっ……ああああ〜っ！」

「くうっ……そら、ぶっぱなすぞぉっ！」

そしてKさんはドクドクと熱い精を私の中に注ぎ込み、私は下の口でゴクゴクと貪欲にそれを呑み込みながら、この上なく淫らに絶頂に達していました。

「ごめん、床でちょっと膝を擦り剝いちゃったね。痛くない？」

「ううん、全然！　ちょっとぉ、そんなことでこれから手加減しないでよね？　もっともっと激しく責めてほしいんだからぁ」

「はいはい、これじゃあホントはどっちがご主人様やら」

うふふ、私の秘められたすべてを解放できる、このお愉しみ、当分やめられそうにありません。

■彼女は思いがけず豊満な乳房を、私のちょっと小ぶりな乳房にグニュリと押しつけ……

生まれて初めて味わった女同士の底なしの快楽に溺れて

投稿者 仲間典子（仮名）／30歳／OL

私と夫は共働きなんですが、つい最近、私は転職しました。前の職場では人間関係でまあ、いろいろありまして……。

で、転職してまだほんの一ヶ月ほどなんですが、とても気の合う同僚ができました。彼女は早苗さんといって、私より一つ年上の三十一歳。とっても美人で魅力的なのに独身ということで、まあ、理想が高いのかな、ぐらいに思っていました。

ところが、私のその読みは大間違いだったんです！

彼女の好きなのは女。

そう、真性のレズビアンの人だったんです！

そして、お察しのとおり彼女、私と気が合ったというよりも、私のことをレズビアン目線で気に入り、獲物として接近してきたというわけだったんです。

一緒にランチをするようになり、ほどなく飲みに行こうということになりました。

「私、あんまり飲めるほうじゃないんだけど……まあ、おつきあい程度なら」

「全然ＯＫよ！　私だってあんまり飲めないもの」

と応えた彼女でしたが、とんだ大ウソでした。

金曜の仕事が終わった夜、私は早苗さんの行きつけだというスナックに連れていかれました。居酒屋とかじゃなく、いきなりスナック……この時点で、ちょっと怪しいと気がつくべきだったかもしれませんね。

「おや、早苗ちゃん、いらっしゃい！　おっ、今日もきれいな子、連れてるね。うらやましーなー、まったく！」

お店のマスターの言葉に、ちょっと「？」となった私でしたが、まあ、そんなに深くは考えませんでした。オトナの店のちょっと色っぽいノリかな、と。今から思えば、マスターは早苗さんがレズなことを知ってて、その獲物である私のことを「あ～あ、お気の毒（？）」という目で見てたんでしょうね。

お酒を飲み出すと、彼女ったらもうすごい飲みっぷりで、濃いめの水割りのグラスを次から次へと……私もそんな彼女に煽られるままに、普段では考えられない量のアルコールを口にしちゃいました。

だって、彼女との会話が本当にもう楽しくて！

特に、私が夫のちょっとセックスレス気味なのを愚痴ると、すごい勢いで同調し、一緒になって文句たらたら盛り上がってくれて……まあ、今となっては、この私への聴き取り調査（?）で、「ダンナとのセックスで満たされてない欲求不満女……これはイケる！」と確信を深めたのかもしれませんね。

案の定、まともに歩けないほど酔っぱらってしまった私は、「とてもこのまま一人じゃ帰せないなぁ。私のアパート、このすぐ近くだから、ちょっと休んで酔いをさましていきなさいよ」

と、早苗さんに誘われ、もちろんなんの疑いもなくついていっちゃいました。

きれいに整頓されたワンルームのアパートに上がらせてもらった私は、「気にせず座っていいよ」という彼女の言葉に甘えて、フカフカのベッドの上に倒れ込むように腰かけ、冷たい水の入ったグラスを受け取り一気に飲み干しました。

「ふ〜〜っ」とようやく一息つきましたが、まだまだ酔いがさめるどころではありませんでした。まだ上気し、トロンとした目で座っていると、早苗さんが隣りに寄り添ってきました。なんだかドキッとするくらいの密着度で、彼女の熱い体温がジンジンと伝わってきます。

さすがにちょっと違和感を覚えた私は、身をよじって体を離そうとしたんですが、彼女はそれを許してはくれず、さらにきつく体を押しつけてくると、なんといきなり私の唇にキスしてきたんです！

「⁉　……んっ、んんんんぅ……ぷはぁっ！」

たっぷり一分間ほども唇を吸いむさぼられた挙句、ようやく解放された私が一息つくと、彼女が言いました。

「典子さんを最初に一目見た時から、ずっといいなって思ってたの。ねえ、ダンナさんとそんなに満たされてないんなら、騙されたと思って一度、私と女同士のエッチしてみない？　絶対に損はさせないわよ、ふふふ……」

「え、ええっ……？」

もちろん、これまで女同士なんて考えたこともないので、一瞬かなりうろたえましたが、酔いで朦朧としている上に、さっきの濃厚なキスの快感はそれをどうでもよく思わせてしまうくらいに魅力的で、なんだか「ま、いいか」って感じで、私はなしくずし的に早苗さんに身を任せてしまったんです。

「ああ、典子さん、好き……」

彼女は甘く囁きながら私の首筋を舐め上げ、同時に服を脱がし、下着を剥がしてきました。そして自分も裸になって、その思いがけず豊満な乳房を、私のちょっと小ぶりな乳房にグニュリと押しつけてきました。

そのなんとも言えず妖しい感触ときたら……お互いの乳房が絡み合い、乳首をつぶし合う気持ちよさは、まさに未知の体験でした。

「あん、あああ……さ、早苗さぁん……す、すごく気持ちいいですぅ」

「ふふふ、女同士のよさは、まだまだこんなもんじゃないわよ」

彼女は妖しく微笑むと、私のオマ○コに指を挿し入れてきました。一本、二本、三本……これまでの男性の指とは違う、なめらかで繊細な動きが私の肉壺を掻き回し、肉襞を掻き鳴らして、甘いエクスタシーを送り込んできます。

「どう、いいでしょ？　これが、私が他の皆と違って爪を伸ばしてない理由。こうやって可愛いオマ○コを思いっきり愛してあげたいから」

「あふぅ……あああっ……あひ、あひぃ、あひっ……」

早苗さんの指の抜き差しがどんどん速くなり、とうとう私は全身をのけ反らせながらイッてしまいました。

でも、彼女はそれだけでは解放してくれず、私のオマ○コをさんざん舐めて、よりいっそうグチャグチャに濡らしまくったあと、自らのオマ○コ（彼女のほうももうすっかり濡れていました）を足を交差させるようにして、それに押しつけてきたんです。

ぐっちゃ、ぬっちゃ、ぬちゅり、じゅぶり、ずちゅう……えも言われぬ淫猥な音を響かせながら、お互いの赤い淫肉が絡み合い、むさぼり合います。

「あっ、あっ、ああっ……くふぅ……さ、早苗さん！」

「あふぅ、典子さん、すごくいいわぁ、ああん、ああっ……」

私も知らぬ間に激しくあられもなく自分の腰を打ちつけ、こじりつけ、生まれて初めて味わう、女同士の果てしのない快楽にひたすら溺れるのみ……早苗さんのほうも、長い髪を振り乱してヨガり狂っていました。

一体何度イッてしまったことでしょう？

その後、十二時近くに自宅に帰ったのですが、夫は残業らしく、まだ帰っていませんでした。

私は一人お風呂に入りながら、まだ体の奥底に残っている早苗さんとの快楽の余韻を反芻し、女同士っていうのもなかなかいいものねと、しみじみ感じたというわけなんです。

■私たちはくんずほぐれつしながらお互いの性器を舐め合い、思う存分濃厚な前戯を……

夫が風邪で寝ているすぐ傍で元カレと激しく愛し合って

投稿者 漆原貴和子（仮名）／34歳／専業主婦

小学生の息子を学校に送り出し、朝の家事を一通りこなし……いつもなら、ここらでいまだに大好きな韓流ドラマのＤＶＤでも観ながら、お茶とお菓子でホッと一息つくところなんですが、この日はそうはいきませんでした。

だって、二階の寝室で、風邪をこじらせて会社を休んだ夫が寝込んでいたんです。私はおかゆを作って、食欲がないという夫になんとか無理やり少しだけ食べさせ、風邪薬を呑ませました。

と、その時、玄関のチャイムの鳴る音がしたんです。

インタフォン越しに誰かを確認すると、なんと夫の会社の同僚の新井さんでした。会社で夫が病欠ということを聞き、営業の外回りのついでにと、お見舞いに来てくれたのだといいます。

いやまあ、その気持ちは嬉しいのですが、私は正直、心穏やかではありませんでした。だって、私と新井さんは実はワケありで……夫と結婚する前に、一年ほどつきあっていたことがあるんです。そのことを夫は知らないのですが。

新井さんは一応、夫の元に顔を出したのですが、ちょうど薬が効いてきたようで、ぐっすりと眠り込んでいて、顔を合わすことはできませんでした。

一階の居間に下りてきた新井さんは、やはり案の定、「外回りの途中だからこの辺でさっさとおいとまします」などと言うはずもなく、私ににじり寄ってきました。

「貴和子……久しぶりにおまえの顔見たら、なんだか無性にやりたくなってきちゃったよ。ほら、俺の触ってみてよ。もうこんなに……」

「ちょっとやめてよ、上で夫が寝てるのよ」

私はもちろん抗ったのですが、強い力で手首を摑まれて無理やり彼の股間を触らされてしまいました。

たしかにそこはカチンコチンに硬く大きくこわばっていて、私は一瞬にして、つきあっていた頃の彼とのセックスのことを思い出してしまいました。

はっきり言って、新井さんと私のカラダの相性は最高でした。でも、彼ったらあまりにも浮気性で、結局真面目で将来的にも有望株だった今の夫と結婚したという経緯があるんです。

そんなわけで、結婚後は一応貞淑な人妻として、一度も夫を裏切ったことのなかった私ですが、勝手知ったる新井さんの肉体を間近に感じさせられて、疼き昂ぶる興奮を抑えつけることができませんでした。

「だめ、だめだったら……！」

と、拒絶の言葉を言ってはみるのですが、それとは裏腹に、全身は火照り、乳首はジンジンと尖り、アソコもジュンジュンとぬかるんできてしまうんです。

「本当に？　本当にだめなの？　試しにカラダのほうに聞いてみようか？」

新井さんは意地悪そうな笑みを浮かべながら、私のスカートをたくし上げて、ストッキングと下着の中にグイグイと手を潜り込ませてきて……、

「ほ〜ら、もうここはグッチョグチョじゃないか。やっぱりカラダは正直だねぇ。本当は俺のコレが欲しくて欲しくてしょうがなくなってるんだろ？　ほらほら！」

彼は自分もスーツのズボンを下ろしてアレを露出させると、私にナマで握らせ、私たちは立ったまま、お互いの性器をまさぐり合う格好になりました。

久しぶりに触る彼のソレは相変わらず太くて硬くて反り返っていて……夫が短小気味なので、その迫力と存在感はいやが上にも私の性感を震わせます。

「あ、あああ……」

思わず狂おしいため息が出てしまいます。

そして私は無意識のうちに彼の前にひざまずき、ソレを咥え込んでいました。

「お、いいねぇ、久しぶりに貴和子自慢の口ワザで俺を感じさせてくれよ」

彼の弾んだ声が聞こえ、私は言われるまでもなく、大きく張り出した赤黒い亀頭を舌を絡めてしゃぶり回し、肉竿全体を喉奥深く呑み込むとジュッポ、ジュッポと激しく音を立てながら吸い上げました。時折玉袋も口に含んで、コロコロと舌で転がし回すことも忘れません。

「う、ううう……す、すごい、いい……感じるよぉ」

彼はうっとりと目をつぶりながらそう言い、それが嘘やお世辞でない証拠に、アレはパンパンに膨張し、今にも破裂せんばかりの勢いです。

「ふう、このままじゃちょっとヤバイから、ちょっと攻守交替。今度は俺に貴和子のココ、舐めさせてくれよ……おお、相変わらずいやらしいくらいに毒々しいピンク色で、ほんとエロいなぁ、いっただっきまーす！」

彼は私をソファに座らせると、両脚を大きく開かせて股間に顔を埋めてきました。長い舌が縦横無尽に肉割れの中を掻き回し、蠢いて……肉襞の一本一本を掻き鳴らすように責め立ててきます。（ああ、これこれ、これなのよ〜っ！）と、私は心の中で快哉を叫び、久しぶりに味わう快感に身悶えしました。

それから私たちはとうとう二人とも服をすべて脱ぎ捨て、くんずほぐれつしながらお互いの性器を舐め合い、思う存分、濃厚な前戯を愉しみました。

いよいよもう、私はガマンできなくなってきてしまいました。

「ああ、きて……オチン○ン入れてぇ！　私の奥の奥まで突っ込んでぇ！」

恥も外聞もなくそう懇願すると、彼も待ってましたとばかりに勢いづき、ますます雄々しく昂ぶったアレを振りかざし、私の中に挿入してきました。熱い圧迫感が肉割れの内側から押し寄せてきます。

「あふぅ、すごい、それ、すごいのぉ……あああぁっ！」

「はぁ……貴和子のオマ○コ、やっぱりサイコー！　まじチ○ポ蕩けちゃいそうだ……ああっ、たまんねぇっ！」

彼の腰のピストンがどんどん速まり、それにつれて貫く深さも増していくようで、私は全身をのけ反らせて感じまくってしまいました。

「ああっ、いい、いいのぉ、か、感じるぅ〜っ！」

「はぁ、はぁ、はぁ……ううっ、も、もうイキそう、俺……」

「あうん、わ、私もイキそうよぉ……あっ、あっ、あっ……」

「ううっく……き、貴和子〜〜〜っ！」

新井さんの大量の注入をドクドクとアソコで感じながら、私は繰り返し、繰り返し、絶頂の爆発に身を任せていました。

二人で久々の満足感に酔い、寝そべりながら、脇のデジタル時計を見ると、まだ時刻は正午前でした。

「ふう、いけね、いけね。ちゃっちゃと外回り行かなきゃ」

そそくさと服を着る新井さんに向かって私は、

「よかったら、今度また会ってくれる？」

と訊ねていました。

「もちろん、こっちも望むところさ」

彼は明るくそう答え、去っていきました。

夫には申し訳ないけど、これからまた充実した日々が始まりそうです。

▒待ちかねた異物感がグイグイと私の肉洞を押し開き、奥へ奥へと突き進んで……

セックスレスの夫に代わって義父の肉棒で貫かれて！

投稿者 吉行理恵（仮）／24歳／自営業

大学を出て、某大手広告代理店に就職したのですが、その労働状況のあまりの過酷さに心身を病んでしまい、たった一年で退職。そのダメージが癒えるまで、しばらく実家で休養生活を送らざるを得ないはめになりました。

だいぶ回復してきたかなと思えるようになった頃、そろそろ何かしなきゃねと、近所のカフェでアルバイトを始めたのですが、そこのオーナーに見初められて、つきあい始めて半年……まさに去年、結婚しました。

オーナーである夫の康之さんは三十歳で、二階建ての自宅の一階部分を店舗に改築して当初は一人で切り盛りしていたのですが、美味しいコーヒーと自家製のフードメニューが評判を呼びお客さんが増え、私はその手伝いとして求人に応募したというわけです。

康之さんは二年前にお母さんを病気で亡くし、残されたお父さんと二人暮らしでした。義父である源次郎さん（五十八歳）も私のことを大層気に入ってくれて、私は男二人所帯に嫁として迎え入れられたのです。私と康之さんが夫婦でお店を切り盛りし、お義父さんが日々、サラリーマンとして出勤していくという、ちょっと不思議な家庭状況でした。

当初、無我夢中でお店の営業と嫁との二足のわらじでがんばっていた私でしたが、それは大変ではあったものの、ただ疲労困憊し明日が見えないOL時代とは違って、とてもやりがいのある充実した日々でした。

ところが、もっとプライベートな部分で、私は思わぬつらい現実に直面することになりました。それは……夫・康之さんのセックスレスでした。

お店で、美味しいだけでなく健康面でも安心な料理を、できるだけリーズナブルにお客さんに提供したいという夫の理想は、仕入れ原価を考えると割に合わない値段設定となり、それは当然経営状態を悪化させていきました。でも夫は妥協することなく、あらゆる手を尽くして理想を実現・継続するべく日夜必死となり、もう私との夫婦生活に気を回すどころではなくなってしまったのです。どうやら、ストレスからくるED（勃起不全）も発症していたようです。

でも、なんといってもまだバリバリの新婚です。私は年齢も若く肉体の勢い的にもほぼ頂点にあり、燃え上がるような性欲の炎に身を焦がさざるを得ませんでした。身もふたもない言い方ですが、セックスがしたくてしたくてたまらなかったんです。そりゃ、夫の事情もわかるのですが……日々昂ぶる肉体の欲求を抑えつけるのに、それはもう必死でした。とてもこっそりオナニーするだけでは鎮まりません。

そんなある日の平日のことでした。

お店は定休日で、夫は厨房にこもって新作メニューづくりの試行錯誤にかかりっきりになっていました。すると、つい先日休日出勤したということで代休をとって家にいた義父が、私に一緒に出掛けないかと誘ってきたのです。

「理恵さんもたまにはお店のことを忘れて気分転換したほうがいいと思うんだ。康之はあの調子だし、どうだい、今日は私と一緒にドライブに行って何か美味しいものでも食べないかい？」

舅とは言っても、まだまだ男性として現役バリバリ感のある義父と二人きりで出掛けることに、ちょっとした抵抗感を感じた私でしたが、夫の康之さんも熱心に賛同してくれたこともあって、誘いに応じることにしました。

天気もよく、義父の運転する車での海辺の街までのドライブは思いのほか爽快で、ごちそうしてもらったシーフードレストランの料理も最高！　私は助手席で（ああ、来てよかったなぁ）としみじみ思っていました。

　ところが、運転しながら義父が発してきた言葉に、私はとてつもない衝撃と動揺を感じざるを得ませんでした。

「理恵さん、これから一緒にホテルに行ってくれないか？　そこで……もうこの際、はっきり言おう。私とセックスしよう」

「え、ええっ……⁉　お義父さん、いったい何を……？」

　義父は真剣に話してくれました。

　息子はもともと性に対してあまり興味がなく、前から少し心配はしていたのだが、理恵さんと結婚したいと言い出して、ああ、それほど好きな人ができたのなら、もう大丈夫だろう、男としての務めを立派に果たすようになるだろうと思っていた。ところが、ふたを開けてみると自分の店のことに必死で、まったく理恵さんをかまってやってない。あんなに若くてきれいな女性が、性的に見向きもされないなんて……もう不憫で不憫で、本当に申し訳ない、と。

「だから、康之に代わって、私に理恵さんに対して男としての務めを果たさせてほしいんだ。もちろん、避妊はきちんとするよ」

　普通ならこんな申し出、怒るか一笑に付すかのどちらかでしょうが、その時の私は

違いました。思わずぽろぽろと涙を流し、

「ああ、お義父さん……そんなに私の苦しみをわかってくれてたなんて！　ありがとうございます。私、本当にうれしい……」

そう言って義父の肩に身をもたせかけ、

「私も……お義父さんとセックスがしたいです」

と、答えていたのです。

そして少し走った先にあったホテルに車を入れました。

部屋に入り、お互いにシャワーを浴びて、ベッドルームで全裸で向き合いました。

義父は昔、ラグビーで鍛えたということで、年齢を感じさせない精悍な肉体を維持していました。しかも、触れるまでもなく、私の裸体を目にしただけで、ムクムクとペニスを大きくたくましくしてくれたんです。

「はは、理恵さんの裸見ただけでこんなに」

「嬉しいです。私、康之さんと結婚している限り、この先ずっともう女として意識してもらえないのかなぁって思って、悲しかったから……」

「理恵さん……！」

義父はやさしく私を引き寄せると、ベッドに寝かせてくれました。そして、じっくり、たっぷりと愛撫してくれたんです。

　耳朶と首筋に熱い息を吹きかけながら丁寧に舐め、乳房を緩急をつけて揉みしだきながら、乳首を指先でこねくり回し、レロレロ、チュウチュウと舐め回し吸い上げて……私は久々に味わう甘い刺激に身悶えするばかりでした。

「ああ、お義父さん……とっても、き、気持ちいいです……あうっ」

「いっぱい、いっぱい感じていいんだよ。本当に康之の奴、こんなに素敵な奥さんをほったらかしにしておくなんて……なんて大馬鹿野郎なんだ」

「ああん、ああっ……！」

　義父の、私の心に寄り添ってくれるような言葉がまた胸に染みて、その感動がさらに私の肉体の昂ぶりを煽り立てていくようでした。

「さあ、それじゃあいよいよ、この可愛いオマ○コを舐めさせてもらおうかな。……ん、んぐ、ふむ……ああ、甘くてとっても美味しいよ」

　すっかり潤ったアソコをジュルジュル、チュプチュプと吸い舐められ、私はそのあまりの気持ちよさに、もう気が狂わんばかりでした。

「あああ～っ、お義父さん、いい……いいのぉ！　お願いです、もうそのお義父さんの立派なオチン○ン、私の中にくださいぃぃっ！」

「ああっ、理恵さん……わかった、入れるよ！」

義父はそう言うと、しっかりとコンドームを装着して、私の中に押し入ってきました。待ちかねた異物感がグイグイと私の肉洞を押し開き、奥へ奥へと突き進んできます。その淫らな充実感といったら……！

「あっ、あっ、ああん、あああああっ！」

「理恵さん、どうだい？　いいかい？　感じるかい？」

「はあっ、か、感じる……めちゃくちゃ感じます〜〜〜っ！」

私は義父の真心のこもった抽送で何度も何度も絶頂に達し、その上で最後に義父も達してくれたようです。

「理恵さん、私でよかったら、いつでもお役に立たせてもらうから……だから、康之と離婚するなんて言わないでおくれよ」

やはり真剣な面持ちでそう言う義父に対して、私は、

「はい、お義父さんのがんばり次第で、考えてあげなくもないです」

と、いたずらっ子のような笑みで返したのでした。

第二章
はじめての快感

■ブラが強引に剝ぎ取られ、彼が荒々しく揉みしだきながら、乳房にむしゃぶりつき……

はじめての社内不倫セックスのいまだかつてない興奮！

投稿者 中内さとみ（仮名）／28歳／OL

私は夫婦共働きで、まあまあの規模の某IT企業に勤めています。夫も同業者みたいなものですが、会社は別です。

私は所属している課の上司と、ここ一年ほど不倫関係を続けているのですが、わりと真面目系でノーマルな夫とは違って、この上司のセックスに対する貪欲さというか、チャレンジ精神がとにかくすごくって……彼の奥さんのほうも、いいとこのお嬢さんということでなかなかの真面目系らしく、その奥さんとはできない欲求をとにかく私との不倫セックスにぶつけてくるという感じです。

これまで彼とは、SMプレイ（二人交替でSもMも両方試しました）、カーセックス、3P、アナルセックス……など、ある程度のバリエーションはこなしてきましたが、灯台下暗しというか……日々機会がありながら、意外に試していないプレイが一つありました。それは……社内セックス。

今まで、いろんな種類のエッチに取り組みつつ、その場所は車を除けば、すべてホテルばかり。

そこで、最近なんだか刺激が感じられないのは、プレイそのものよりも、変わりばえのしない場所のほうに原因があるんじゃないかと。それなら一度、社内セックスにチャレンジしてみようじゃないかと彼が言い出したのです。

さすがの私も最初はビビりました。

だって、見つかるリスクが高い上に、もし見つかったりしたら、単に浮気がばれるだけじゃなく、仕事を失う可能性だってあるんです。だけど彼は、

「ふふふ、だからいいんじゃない。きっとスリリングで刺激満点、サイコーに気持ちいいセックスが楽しめるよ」

ちょっと頭がおかしいです。

でも、繰り返ししつこく言われてるうちに、とうとう私も折れて、一度だけという条件でつきあってあげることにしました。

そして決行当日。

「で、私はどうしたらいいの？」

彼に訊ねると、とんでもないことを言い出しました。

「よくエロ漫画とかであるじゃない？　デスクの下でＯＬが上司のアレをしゃぶるっていう……あれがしたいなあ」

ほんと、頭がおかしいです。たしかにそういうシチュエーションはよく見聞きしますが、マジでやりたいだなんて。

でも、彼は一度言い出したら聞かず、就業時間が始まると、私は彼の命令で得意先に届け物をしに行ったという設定でいったん姿を消し、少し後、周囲の目を盗んで彼のデスクの下に潜り込ませられました。幸い、彼は窓を背にして座り、左右の並びには誰もいないデスク配置なので、まず私の姿が見つかる恐れはありません。

とは言っても、やはりいざ始めようとすると、周囲から聞こえてくるオフィス内の会話や喧騒がプレッシャーとなって、なかなか難しくて……。

「ほら、何やってるの？　僕のズボンのチャック下ろして、さっさとしゃぶってよ」

頭の上から彼の催促の声が降ってきて、私は気合を入れ直して、言われたとおりズボンの中からペニスを取り出してしゃぶり始めました。でも正直、なかなか気分が乗らず、自分でもぎこちない感じです。と、その時、

「課長が中内さんを○○社にお使いに行かせたって聞きましたけど、なんかありましたっけ？」

と、主任の原さんが彼に訊ねる声が聞こえてきました。

「えっ？　いや、それはあれだよ、例のデザインコンペの件で、あの……候補作を事前にいくつか……」

それに対して彼は若干しどろもどろで答え、

「はあ……デザインコンペ、ですか？」

と、主任のあからさまに怪訝な感じの声が聞こえてきて、彼の焦りとともに不自然な空気があたりを満たすのが感じられました。するとどうしたことでしょう。

その緊張感のある展開が私の中の心理的ストッパーを逆に外しちゃったみたいで、がぜん気分が高揚してきちゃったんです。

それまでぎくしゃくしていたフェラにがぜん熱がこもり、私は彼の亀頭の笠の縁にねっとりと舌を絡ませながら、裏筋を何度も何度も舐め上げ、玉袋をわしわしと手のひらで揉み転がしつつ、唇で全体をずっぽりと包み込み、頭を激しく上下させて口唇愛撫を繰り広げました。熱心すぎるあまり、唾液の粘着が生み出すいやらしい音が立たないようにするのに必死なくらいでした。

「そう、デ、デザイン……コン、ぺ……んんっ、ふぅ……君には言って……なかったっけ？　くっ……んふ、それは……申し訳、な、なかっ……ぐ……」

「課長、大丈夫ですか？　なんだかつらそうですけど……どこか具合でも悪いんじゃ？　今総務のほうに医者の手配を……」

「い、いや、だ、大丈夫だから……つらくなんて全然ないから！」

心配する主任に対して彼は慌てて言い繕いました。ふふ、つらいどころか、事実はその真逆ですもの。私のフェラが気持ちよすぎて喘いでいたなんて、絶対に言えませんものね？

「そうですか？　大丈夫ならいいんですけど……」

いかにも納得のいかない様子で主任は去っていきましたが、その後も複数の社員が彼の決裁や指示を仰ぎにやってきて、彼はそれらに対応しながら、ひたすら私の口戯の快感に耐え忍んでいました。

そして、ようやくその人の波が途絶えた時、デスクの下で口のまわりを唾液といやらしい体液でベトベトにした私に対して、息を喘がせながら言いました。

「はぁ……さ、さとみ、もう僕も限界だ……昼休みになって皆がランチに出かけたら、こっそり資料室に行ってくれ。そこで……な？」

「ええ、わかったわ」

私はそう応えて、最後にもう一回、思いっきり激しく彼のペニスを啜り上げました。

そして十分後、私と彼は普段は人の出入りのない資料室にいました。

しっかりと内側からロックし、私と彼はもどかしげにお互いの服を脱がせ合いました。私のブラが強引に剝ぎ取られ、彼が荒々しく揉みしだきながら、乳房にむしゃぶりつきます。

「あっ、ああん、そんなに激しくしたらぁ……あふぅ」

「そ、そんなこと言ったって、あんなに淫乱に仕掛けてきた、おまえのほうが悪いんだぞ！　もうたまんないんだ！」

私のほうだって同じで、オフィス内でとんでもないことをやっているという意識が、いまだかつてない昂ぶりを呼び、彼のペニスをしゃぶりながら、自分ももうアソコがヌルヌルのグチャグチャ、早く貫いてほしくてたまらなくなっていました。

「ほら、その机に手をついて、お尻突き出して！」

彼に言われるまま、私は剝き出しのお尻を後ろにグイと突き出し、彼の挿入を待ち受けました。

そして、待望のそれが入ってきた瞬間の衝撃といったら……！

私は全身を電流が駆け抜けるような快感ショックに身悶えし、自ら腰を振って、ひたすら貪欲に彼のペニスを欲し求めました。

その時、資料室の外の廊下から、お昼休みが終わって外から戻ってきた同僚たちのにぎやかに話す声が聞こえてきました。

「今度の社長会議でプレゼンする企画のことだけど……」

「えっ、××と○△さん、つきあってんの？」

「経理課の×○さん、離婚するらしーよー」「う、うそ～っ！」

するとより自分がどれほどイケナイことをしているかということが実感され、そのインモラル感が余計に快感に火をつけてしまうようでした。

「あっ、あっ、あっ……課長、課長、ああん……」

廊下に漏れ聞こえないように必死で声を押し殺しながら、でも逆にお互いの肉体を求め合う動きはますます激しさを増し、私たちはひたすら絶頂に向かってひた走っていきました。

そして、とうとう……、

「ああっ、イク……もう、イクのぉ……っ！」

「ううっ、僕も……で、でるぅ……！」

最高の悦楽感の中、二人同時にフィニッシュを迎えたのでした。

初めての社内セックスの快感……一度だけどころか、クセになっちゃいそうです。

■お互いの衣服越しですが、相手の勃起したペニスの存在が痛いほどに感じられ……

未知の満員電車での痴漢体験に信じられないくらい感じて

投稿者　青山奈緒（仮名）／26歳／専業主婦

私は生まれてからこのかた、ずっとのどかな地元の地方育ちで、都会でよく聞く電車の通勤ラッシュというものを知らないまま生きてきました。地元の短大を卒業し、地元の銀行に就職し、そのままそこで出会った今の夫と結婚して家庭に入って。

そんな私が、学生時代の友人の結婚式に出席するために上京し、その式が午前十時からだったため前日に前のりしました。でもあいにく式場の近くのホテルを取ることができず、電車に一時間ほども乗って現地に向かわなければならないということになりました。

しかもその日は、友人夫婦の仕事の都合でなんと平日です。

私は式のために、それなりに露出多めにドレスアップした格好で（もちろん、上からスプリングコートを羽織って、これ見よがしになることは避けていますが）、生まれて初めて都会の通勤ラッシュの満員電車に乗るはめになってしまったわけです。

時間は朝の七時半。私が乗り込んだ時点では、座れはしないものの電車もまだそれほど混み合ってはおらず、私はドア脇の手すりのところに寄りかかる格好で、スマホでこれから式場で再会する他の友人たちとのＬＩＮＥチェックに余念がありませんでした。

ところが、途中駅に停まるごとに乗客がどんどん増えてきて、あっという間に車内は立錐の余地もないほどに混雑してきてしまいました。あまりのギュウギュウ状態に、もうスマホの画面を見るのさえ一苦労でした。

（ああ、これが都会の満員電車かぁ……すごいなぁ。こんなのに皆、毎日乗ってるなんて、ほんとご苦労様）

と、私もその時点ではまだ、大変だけどある種、都会ならではの思い出体験くらいの気持ちでいられる余裕がありました。ところが……。

腰のところをサワサワと撫でられるような違和感を感じました。

（えっ？　なになに？）

一瞬、この混雑ゆえの他の乗客との不可抗力の接触かと思いましたが、一向にサワサワが収まらないので、ようやく、

（あ、これってひょっとして……痴漢？）

と、思い当たったのです。

そう、その手は私が羽織ったスプリングコートの脇から内側に侵入して、パーティードレスの薄手の布地越しに蠢いていたのですから。

電車の中どころか、痴漢そのものが生まれて初めての体験でした。

（え、え、えっ……どうしよう、どうしたら……？）

私はパニックに襲われてしまいました。もちろん、声を上げる勇気も余裕もあるわけがありません。ひたすら身を固くして、目をつぶってしまったんです。

すると、私のその様子に調子づいたかのように、痴漢の手の動きが大胆さを増してきました。

腰のくびれの部分をさすっていた手が下のほうに下りていき、お尻を撫で回してきたんです。そしてさんざん私の丸みを嬲るようにしたあと、今度はお尻の割れ目に沿って、上下になぞるようにして動かしてきたんです。

（あっ……ちょっと、やだ……や、やめてよぉ……！）

と、もちろん心の中でしか文句を言えません。

私はもう恥ずかしくて、恥ずかしくて……どうにもしようがなく、それほど暑くもない車内で一人だけ汗を流しながら、ひたすら耐え忍んでいたのですが、その時、すぐ耳元で囁く声が聞こえたんです。

「とってもきれいなお尻だよ。食べちゃいたいくらいだ」

という痴漢の声は、思いのほか低音のセクシーな響きで、私はその声に耳朶を嬲られた瞬間、自分でも信じられないことに、カラダの芯の部分がカーッと熱くなって、性感的なテンションが昂ぶってきてしまったんです。

（え、なにコレ……私、感じてる？　そんな、まさか……痴漢されてるっていうのに……こんなの、アリ？）

私は自分で自分の反応に驚きとまどい、でも、体内でどんどんせり上がってくるセクシャルな波に抗う術もなく、混乱する気持ちとは裏腹に、それに呑み込まれていくしかありませんでした。

そして、とうとう痴漢の手がドレスの裾をたくし上げて中に入り込み、ストッキングとショーツをこじ開けて、直にカラダに触れてきました。私の体の前方に回り込み、股間を撫でてきます。

（ああ、とうとうソコを……どうしよう、きっともう濡れちゃってる……）

痴漢の指が、私の肉裂の中に入り込んできました。

ニチュッ、という淫らなシズル音が聞こえた気がしました。

もちろん、この満員電車内の喧噪の中、そんなわずかな音が聞こえるわけもないのですが、高まり続ける性感のテンションの中、エロ敏感になっている私の心の聴覚がそれを捉えてしまったんです。が……、

「ふふ、すごい……すっかり濡れてるよ……」

例のセクシーな囁きが、いやでもそれが現実であることを私に突き付け、それが合図になったかのように、一気に私の中の〝快感を求める本能〟のタガが外れてしまったかのようでした。

（ああ、こんな……周りに人がいっぱいいる電車の中で感じてしまってるなんて……こんなことってあるの……？）

「ハァ、ハァ、ハァ……」

私の息は小刻みに荒くなっていき、下半身がガクガクと震えてきてしまいました。

すると、痴漢の指は私の胸のほうにも触れてきました。

今日は、ドレスの胸のラインをきれいに見せたかったので、下にはかっちりとしたブラではなく、ヌーブラを着けています。なので、乳房を覆うガード的役割としては弱く、外からの刺激をより強く感じてしまうんです。

「あっ……ふぅ……ううっ……」

アソコと乳房の二ヶ所を同時に責められ、たまらず私は喘ぎ声を上げていました。

「ほらほら、周りに聞こえちゃうよ？　スケベなお姉さん」

（そ、そんなこと言われても……こんなの、気持ちよすぎるんだもの）

痴漢の意地悪な囁きに、心の中で必死にそう抗弁する私。

「ほら、僕のも感じてみて」

そう言う痴漢の声が聞こえ、同時に下腹部の辺りに熱いこわばりが押し付けられるのがわかりました。お互いの衣服越しですが、相手の勃起したペニスの存在が痛いほどに感じられ、それに煽られるように、自分のアソコもますます淫らな汁を溢れ出させてしまいます。

すると、痴漢が電車の揺れに合わせるように、リズミカルに腰を動かし、より濃ゆい刺激を私の股間に送り込んできました。

（あぁっ、ちょ、ちょっと……そんなの反則……ま、まるで、電車の中でセックスしてるみたい……ああん、か、感じすぎるぅ……）

「ああ、いいよ、お姉さんのジュクジュク感もすごい伝わってくる……ふぅ」

痴漢のほうもかなり昂ぶってきているようです。

私も自分から腰をこすりつけるようにして、高まり続ける快感をむさぼりました。

そして、とうとう……、

「あっ、イ、イク……ッ……」

私は小さく叫び声を上げ、絶頂に達してしまったんです。

もう、信じられないくらいのスリリングな興奮でした。

痴漢のほうがイッたかどうかはわかりませんが……おまけに、相手の顔も確認してなかったことに、あとから気がついた私でしたが、とにかくその後、目的の駅に着いたところで、トイレに飛び込んで着衣の乱れを直し、身だしなみを整えた後、何食わぬ顔で結婚式に出席したのです。

今でも時折、この時の体験を思い出してオナニーしてしまっている私です。

■私は彼らの愛撫に身悶えしながら、それぞれのペニスを摑んでヌチュヌチュとしごき……

店長とその後輩と私の3Pカイカン初体験！

投稿者 前沢悠里（仮名）／24歳／販売員

私、駅ビルの中に入ってるギャル向けのセレクトショップに勤めてるんだけど、店長（二十七歳）とこっそり不倫してる。だって、ダーリンが半年間の単身赴任になっちゃったんだから、そりゃやりたい盛りの若妻としては、セフレの一人や二人いたってしょうがないじゃない？

だいたい週イチのペースで、店長の一人住まいのワンルームマンションに行ってエッチする感じなんだけど、ある日、お店が終わったあと、いつものように部屋に向かうと、なんと中から見知らぬ若い男が出てきたの。

私がびっくりしてると、店長がニヤニヤしながら言った。

「わるい、わるい。驚かせちゃって。こいつ、俺の高校の後輩のシン。どう、なかなかのイケメンだろ？」

うん、確かに。ちょっと山崎○人みたいで、すごいきれいな顔立ち……って、そうじゃなくて、問題はなんで今、そのシン君がここにいるのかよ！

私がそう突っ込むと、店長は、

「いや、最近さぁ、俺らのエッチもちょっとマンネリ気味かなぁと思ってさ。それで、なんだかんだ俺に借りのあるコイツに協力してもらおうってわけ」

だから、何を？

「3Pってやったことないじゃん？　男二人対女一人の。なんか興奮しねぇ？　やろう、やろう！」

ええっ？　そんなの生まれてから一回もやったことないんだけどぉ！

「だからいいんじゃん！　俺だってやったことねぇよ、そんなの。さあ、とりあえず三人で一緒に風呂入ろうぜ。まずは身ぎれいにしなきゃな」

それからも私はグズグズ文句を言ったんだけど、店長はもう聞く耳持たずって感じでグイグイくるもんだから、とうとう私も押し切られちゃった。

ちょっと恥ずかしかったけど、まあ、私も自分のボディにはそれなりに自信があるもんだから、シン君の前で裸になり、私たちは三人でバスルームに行った。でも、かろうじてトイレは別になっているものの、そこはユニットバスと大差ないくらいの狭さで、大の大人が三人入るともう身動きができないくらいの不自由さだった。

店長とシン君は、互いにボディシャンプーの溶液をたっぷりと手にとると、それを泡立てて、私のカラダに塗りたくってきた。

私の首すじから鎖骨、胸、腋の下、背中、脇腹からお腹、太腿、お尻、そしてアソコ……と、二人の手によるヌルヌル、ヌメヌメとした感触が体中を這い回り、嬲り回り……しかも三人の裸体が狭い室内で密着してるもんだから、彼らの固い筋肉が私の白くて柔らかい肉体にニッチャリと絡みついてきて……。

「あっ、ああ、あふぅ……」

全身を覆っていく、やたら気持ちいい感覚に、私はうっとりと身を任せ、恍惚となっていってしまった。

「うおおっ、今日の悠里、なんだか一段とエロいなあ……やっぱ3Pってのは正解だったかな？　ほら、俺のももうこんなに……！」

と言う店長の股間を見ると、亀頭をパンパンに張らせたペニスがグンと上向き、見事なまでにそそり立ってた。浴室のオレンジがかった照明に照らされて、すごく赤く、いやらしく息づいてるみたいだった。

「おっ、シンのもなかなかのもんだな。おまえ、俺よりでかいんじゃねーか？」

店長の言葉に、思わずシン君の股間を見ると……確かに！　勃起した彼のペニスの長さは二十センチ近くあり、太さも五センチに迫るボリュームで、店長も決して小さくはないんだけど、さすがに比べると見劣りしちゃう感じ。

「さあ、悠里、俺ら二人のチ○ポ、さわってくれよ」

店長にそう促されて、私は相変わらずの彼らの愛撫に身悶えしながら、両手を伸ばしてそれぞれのペニスを掴んで、ヌチュヌチュとしごき始めた。ボディシャンプーのぬめりが表面に浮き出した血管をいやらしく際立たせるようで、私もなんだかやたら興奮してきてしまった。

「ううっ、いいぜぇ……悠里、そうそう、その調子で激しくしごいて……ああ、気持ちいいっ……」

店長がそう喘いで腰をガクガクさせながら、自分も私の乳首とアソコを同時に激しく責め立ててくる。エクスタシーはもううなぎ上り……。

「ああっ、ああん、すごい感じるぅ……はあっ、シン君も感じてぇっ！」

私はそう言って煽りながら、シン君のペニスをしごく手にも激しさを加えていった。

すると、一瞬ビクビクッと震えたかと思うと、はち切れんばかりに大きく膨らんで、

「あ、ああっ……で、出ますぅ……！」

シン君が一言そう呻くや否や、ビュルルルッと大量のザーメンを射出した。

「ああ……ご、ごめんなさい……」

「ふふ、いいのよ。ほんと、いっぱい出たわね」

私がそうやさしく言うと、彼は可愛い笑顔ではにかんだ。でも、店長のほうはそんなやさしいわけがない。

「バカヤロー！　そこをガマンするのが男だろ！　ったく、情けねぇなぁ」

そう言って、シン君の頭を小突いた。

「さあ、それじゃあベッドに行くぞ。シン、おまえ、自分勝手に出しちゃった分、ちゃんと俺らのエッチのサポートするんだぞ」

「は、はい……先輩」

私たちはシャワーできれいにボディシャンプーの泡を洗い流してから部屋へ行き、3P二回戦に突入した。

ベッドに横になり、私と店長がじっくりとディープキスを交わしているところに、シン君は私の胸に取りついて揉みしだきながら、チュウチュウと乳首を吸った。舌は思いっきり激しく店長に吸われ、そのダブルのバキューム快感がたまらなく私の興奮を煽り立ててくる。

「んんっ、ふくうぅ……んんっくうぅ……」

「さあ、悠里のこっちのほうはどうかな？　おっとぉ、もう怖いくらいグチャグチャじゃねえか！」

店長が私の股間をまさぐって、わざと意地悪な声音でそう言った。

だってしょうがないじゃない？　初めての3P体験で信じられないくらい昂ぶっちゃってるんだから……。

次に、店長が膝立ちになっているところに、私が肘で四つん這いになって、その勃起したペニスを咥え、しゃぶり上げた。背後からはシン君が私のアソコをジュブジュブと音を立てながら舐め啜っている。

「んはっ、はぁ、あぐ……んくぅ……」

「おおっ、悠里、いいしゃぶりっぷりだ。シンもいい仕事してるみたいだな……よしよし。じゃあそろそろ本番といくか！」

店長はそう言うと、体を移動させて私のバックに回って、後ろからペニスを突き入れてきた。ズンズンと腰を激しく打ちつけながら、シン君に檄を飛ばす。

「ほら、シン！　悠里の下に潜り込んでクリトリスを舐めてやれ！」

ええっ、そんなの、やられたことない……！

店長が命じた未知のプレイに、期待とも不安ともいえない妖しい胸騒ぎを感じている私を、店長のバックからの挿入とシン君のクリ舐めが合体した衝撃的ともいえる快感の嵐が襲った。

「ひあぁっ、あひっ……んあああっ！」

突き上げ、揺さぶるようなペニスのインパクトに、敏感な部分に絡みつく舌先のバイブレーションが合わさって……こんな快感、初めて！

「あっ、あん、ああっ、イ、イッちゃううう〜〜〜っ！」

「ううっ、お、俺もイクぞ！　うっ……くふぅっ！」

店長の放出したザーメンを受け止めながら、私は全身をピクピクと震わせてオーガズムに達していた。本当に信じられないくらいの気持ちよさ！

その後、回復したシン君のペニスも受け入れてあげたりして、二時間に渡って私たち三人は3Pセックスを心ゆくまで堪能した。

ダーリンが単身赴任から帰ってくるまで、あともう何度か楽しませてもらうつもり。

■装着されたローターとバイブのおかげで、歩くたびに乳首とアソコがこすれ……

ナンパされて味わったはじめての大人のオモチャ快感！

投稿者　中川しのぶ（仮名）／34歳／パート

私、来年小学校に上がる娘のいる主婦です。

近所の本屋さんで週に三回、パート勤めしてます。

こんなこと他の人に言うのは初めてですが、私、この歳になるまで、〝大人のオモチャ〟というものを使ったことがありませんでした。いや、興味はずっとあったんですが、真面目な主人には「使ってみたい」なんて言い出せないし、自分でそういうお店に買いに行くなんてもってのほか！　通販で注文してみようかとも思ったのですが、結局それすら実行できずに、ただただ悶々とするばかりでした。

そんなある日曜日のことでした。

主人と娘は私の実家へ遊びに行き、私は午前中の三時間のパート勤めが終わったあとの昼下がり、街をぶらぶらとウインドーショッピングしていました。主人たちが帰ってくるのは夜の八時くらいの予定なので、それまでは久々に私だけの自由にできる時間だったんです。

そこで私はなんと、ナンパされてしまいました。もうかれこれ十年ぶりくらい……独身のOL時代以来の出来事です。

相手は、私よりちょっと年上ぐらいに見える、遊び馴れていそうな男性でした。お店のショーウインドー越しにブランドもののバッグを見ていた私の隣りにさりげなく並ぶと、こう声をかけてきたんです。

「あなた、人妻だよね？　それも、誰にも言えないような欲求を抱えて悶々としてる……どう、図星でしょ？」

私はびっくりしてしまいました。なんでそんなことがわかるのでしょう？

「ふふ、やっぱり当たりだ。顔にそう書いてある。僕もこれまで、伊達に遊んできたわけじゃないからね、女性のホンネを見抜くのは大の得意なんだ」

そう言ってニヤリと、いやらしくはあるけど、なんだか妙に温かみのある笑顔を向けてきました。

すると、どうしたことでしょう。

私はあっという間に彼のその笑顔に魅入られてしまったようなんです。

彼は無言の私の手をとってきましたが、私はそれを払いのけることもせず、いえ、むしろ握り返していたんです。

「いい子だね。じゃあ、話を聞こうか?」

私は彼に促されるまま、そのまま手をつないで並んで歩きながら〝あの欲求〟を、『大人のオモチャを使って愛されたい』という思いを話していました。

彼はそれを、うんうんとうなずきながら聞いてくれました。

傍から見たら、私たちはきっと仲のいい夫婦か恋人同士に見えたことでしょう。

そして、私が一通り話し終えると、

「よし、わかった。僕に任せて。悪いようにはしないから」

と言い、彼は私をしばらく近くのカフェで待たせてどこかへ行ったあと、三十分ちょっとくらいで、何か黒いビニール袋を持って戻ってきました。

それから私が連れていかれたのはデパートの中の〝誰でもトイレ〟でした。

彼は周囲に人がいないことを確認すると、素早く私を中に連れ込み鍵をかけ、さっきのビニール袋の中から何かを取り出してきました。

それはなんと、大げさにいうと、私が夢にまで見た大人のオモチャでした!

ピンク色の小さなローターが二つと、なかなか巨大な紫色のバイブレーターが一つ
……彼はそれをにんまりとしながら私に見せつけると、

「さあ、今からこれをつけて、大人のお散歩に連れていってあげるよ」

と言い、服を脱がして私の体に装着し始めました。

ピンクのローターを左右の乳首に一つずつ、粘着テープで貼りつけました。そして、指で少しいじくり湿らして潤滑をよくしたあと、特殊な装着具のようなものを使ってバイブレーターを私のアソコに押し入れてきました。

「あっ……ああ……」

そのイケナイ異物感に、思わず声が漏れてしまいました。

「ふふふ、これでちょっとやそっとじゃ外れたりしないはずだ。さあ、この上から服を着て、絶好のお散歩日和を楽しもうね！」

こうして私と彼は連れ立って、再び屋外へと出ていきました。

でも、装着されたローターとバイブのおかげで、歩くたびに乳首とアソコがこすれ、圧迫される感じで刺激され、どうにも動きが不自然になってしまいます。

「ふぅ……あふ、はぁ……」

苦悶とも愉悦ともとれる喘ぎが喉から洩れ、全身にじんわりと汗が滲んできます。

「うん、いい表情になってきたね。オッパイとアソコが軽くこなれて、だんだん昂ぶってきたんじゃない？　さあ、本番はこれからだからね」

私の様子を窺いながら、彼が言いました。

そしてジャケットのポケットから二つの何かを取り出すと、両手に一つずつ持ちました。そして……。

「はい、スイッチオン！」

そう言って、カチリと音がしたかと思うと、いきなり私の左右の乳首とアソコを振動が襲ってきたんです。

ヴヴヴヴヴ……細かなバイブレーションが乳首を震わせ、絡みつくようなその甘い痺れは、じわじわと放射線状に乳房全体に広がっていきます。

一方、ズズズズズ……という感じで重い鳴動がアソコの肉襞を一本、一本震わせるように伝わっていき、子宮の奥のほうまで響いてきます。

「あっ、くふっ……んはっ……！」

上半身と下半身への淫らな刺激が、体内で呼応し合い、結びつくような感じで相乗効果的に快感が高まっていきます。

「どう、いいでしょう？　最近のアダルトグッズはスグレモノでね、こうやってリモコンで遠隔操作も自由自在なんだ。ほら、さらにこうしてあげると……」

彼がリモコンに別の操作を加えると、今度はアソコのバイブがクネクネとうねり始めました。振動に加えて掻き回されるようにされ、その気持ちよさときたら、もうたまらないものがありました。

「んんんっ……はぁう、うふぅ、んぐぅ……」

私の喘ぎ声は無意識に高まり、その不自然な全身の動きとあいまって、かなり挙動不審な様子になってしまったようです。

「ほらほら、もうちょっと普通にしてないと、周りから怪しまれちゃうよ。もし、ばれちゃったらどうする？　『あの女、白昼堂々何やってんだ。どんだけインランなんだ？』って、それこそいい晒し者だよ？　さあさあ、ちゃんとしないと！」

彼は意地悪な笑みを浮かべながら私の耳元でそう囁き、そうやって羞恥心を煽られることで、余計に興奮してしまうようでした。

「あん……そんなこと言ったって、んぐっ、あなたが……こんなこと、んはっ……ああう……んんんんっ！」

「え、なに？　僕が悪いって？　心外だなあ……こっちはただ、あなたの望みを叶えてあげてるだけだっていうのに。よし、そんなこと言う悪い子には、こうだ！」

彼のそう言う言葉が聞こえたと思った瞬間、ローターとバイブ、両方の振動がさらにパワーアップしてきました。バイブに至っては、そのうねり方も激しさを増し、文字通り私のアソコの中でのたうち回るようでした。

「あひっ……ぐぅ、んぐぅ……くはっ！」

もう私はたまらず、その場にしゃがみこんでしまいました。

もちろん、それはつらいのではなく、イってしまったからでした。

そんな私に、さも心配するような様子で寄り添った彼でしたが、耳元で囁かれた言葉は、ただの悪魔でした。

「ははあ、何こんな往来のど真ん中でイッちゃってんの？　ほんとにドスケベな奥さんだなあ。そんなによかったんなら、ほら、さらにこうして……」

そう言って、より器具の強度をパワーアップしてきたんです。

「ううっ、あぐぅ、んひぃ……ぐうぅぅぅっ……！」

私がより激しく唸り声を上げ、道端でうずくまって身悶えしていると、とうとう、心配して声をかけてくる人まで現れました。

「奥さん、大丈夫ですか？　救急車呼びましょうか？」

「いえいえ、大丈夫です。いつものことなんです。ご心配ありがとうございます」

と、彼はさもダンナづらでそう答え、私の手をとって立たせると、

「まったくとんでもないインラン女だなぁ、スケベにヨガってるだけなのに関係ない

人にまで迷惑かけて。さ、そろそろ撤退だ。行くぞ」

そう言って、私を今度はホテルへ連れて行きました。そして、ベッドの上であらためてじっくりと大人のオモチャプレイで可愛がってくれたんです。

そうやってさんざん愉しませてくれたあと、最後は彼のホンモノの肉棒でクライマックスを迎えさせてくれました。

ナンパから始まった思いもよらぬ、大人のおもちゃ初体験でしたが、本当にスリリングで気持ちよくて、大満足の一日でした。

■そそり立ったソレは、薄汚く黒ずんでいるくせに、亀頭だけは鮮やかなピンク色で……

白昼の公園のトイレで私を襲ったホームレスの汚れた欲望

投稿者　三浦由麻（仮名）／28歳／専業主婦

三歳の娘を遊ばせるために、近所の公園に行った時のことです。

まだお昼には間がある時間帯で、私と同じような年代のお母さんたちがそれぞれの子供を連れて、四～五組ほどやってきていました。

私はこの公園でよく顔を合わせてママ友になった人とちょっと言葉を交わしたあと、娘をお友達と一緒に砂場で遊ばせ、近くのベンチに座ってスマホを見始めました。

すると、それまではなんともなかったのに、急にキュルキュルとお腹の調子がおかしくなってきて……差し込むような痛みと共に強烈な便意を催してしまいました。

私は慌てて、さっきのママ友に声をかけて娘の面倒を頼むと、小走りで公園の隅にある公衆トイレに向かいました。前までは本当に古い汚いトイレで、とてもじゃないけど用を足すなんて考えられなかったのですが、つい最近キレイにリニューアル工事されたので、ほんと、助かった！　って感じでした。

私は女子用トイレの個室に駆け込むと、ジーンズと下着を膝下まで下ろして便器に腰かけ……さすがにちょっと書けませんが、かなり激しい音を立てながら用を足しました。まさか外に聞こえちゃうんじゃ、とドキドキしてしまいましたが、遊び場のほうからは子供たちのキャーキャーとはしゃぐ声が聞こえてくるばかりで、まあ大丈夫だろうと。

そしてようやくお腹も落ち着き、持参してきたショルダーポーチの中から除菌用ウエットティッシュを取り出してお尻をきれいに拭くと、身づくろいをして立ち上がり、個室のドアを開けました。

その時です、突然目の前に誰かが現れ、私はその手で口を押さえつけられながら、個室の中に押し戻されてしまったんです！

あまりに突然のことに、私はされるがまま再び便座に座らされてしまいましたが、相手はその姿格好、そして全身から立ち込める異臭から、明らかにホームレスだとわかりました。

「へっへっへっ、奥さん、さっきは思いっきりイ～イ音させてたじゃないか。トイレに入る前から見てたけど、あんたみてぇなキレイな奥さんがあんな音立ててクソするなんて……それ聞いてただけで、俺もうたまんなくなっちゃったよぉ」

垢で薄汚れた顔を近づけながら、ヤツは下卑た口調でそう言い、私は恐怖心と個室内にこもる異臭とで、思わず吐き気を催してしまいました。でも、分厚い手で口をふさがれているため、満足に声も出せません。

「んんっ……ぐうぅっ、んぐっ……」

「ほらほら、そんなにジタバタすると、俺のほうも手元が狂って、仕方なくケガさせちゃうかもよ？　おとなしくしたほうが身のためだと思うけど」

一瞬、目だけは笑っていない顔でそう言われ、私はビクッと身をすくませてしまいました。

「そうそう、いい子だ。それじゃあ、今度は……」

ヤツは私のポーチを開けて中をゴソゴソと漁ると、ハンカチを取り出して私の口に突っ込みました。あらためて声を封じられてしまいました。

「へへ、さすがに俺の持ち物を突っ込まれたんじゃたまんないだろ？　ま、もっとも、これから違うモチモノを、違うところに突っ込ませてもらうんだけどな。ゲへへへへッ！」

最悪の冗談を聞かされながら、私はどうにかこの状況を抜け出せないかと必死に考えましたが、なんのアイデアも浮かばず、外から聞こえてくる子供たちの楽しそうな歓声と、お母さんたちの歓談する声が虚しく耳に響いてくるだけでした。

「どれどれ、まずはこっちの感触を……」

ヤッはそう言いながら、厚手のトレーナーの上から私の胸をワシワシと揉んできました。そして……、

「ええっ、や、柔らかっ……！　ノーブラじゃねぇか！　くぅぅっ、たまんねぇっ！」

そう歓喜の声を上げました。

私は、ほんの近くの公園に行くだけだから……飛び回る娘の遊び相手をする時に少しでも動きやすいほうがいいから……と、ブラジャーを着けず、素肌にトレーナー一枚で来てしまったことを後悔しました。

「いつでも準備はOKってこと？　なんだ、とんだインラン奥様なんじゃねぇか！　それじゃあこっちも遠慮なくいかせてもらうぜ？」

嬉しそうにそう言う相手に言い訳することもできず、私はもうすっかり抵抗する気力を無くし、力んでいたカラダからもすーっと脱力してしまいました。

狭い個室の中でヤツは体勢を入れ替え、自分が便座の上に腰かけると、その膝上に向かい合う格好で私を座らせました。そして、私の両手をがっしり押さえつけたまま、口で咥えてトレーナーの裾をまくり上げ、プルンと露出した乳房にむしゃぶりついて

きました。

「んふっ、ぐふぅ、んじゅぷっ……おおっ、柔らけぇ……甘い……も、もちもちだぁっ……こんな感触、いったい何十年ぶりだぁ！　うめぇ、うめぇよぉっ！」

　本当に赤ん坊が無我夢中でオッパイを求めるみたいに、ヤツは私の大きめの乳輪を何度も何度も舐め回し、それに反して小粒の乳首に吸いつき、チュウチュウと激しく吸い搾ってきました。

「んぐっ……ふぐぅ……ぐうぅぅ……っ」

　そのあまりの荒々しさに苦痛を覚え、喘ぐ私でしたが、しつこくそうされ続けているうちに、だんだん、痛みとは違う感覚が湧き上がってきました。

「んっ、んんっ、ぐうっ、んんんん……っ？」

「はぁはぁはぁ……おや、なんだかさっきまでとは違う声色になってきたな、ん？　そうか、気持ちいいんだな。よしよし、もっともっとしゃぶってやるからな！」

　そう言われても、ヤツの言葉を否定することができませんでした。

　繰り返される愛撫に加えて、こんな白昼に、外では子供たちが無邪気に遊び、ママ友たちがおしゃべりに花を咲かせているという、そのすぐ脇で、人知れずホームレスにカラダを弄ばれているという、自分が今置かれている信じられないシチュエーションが言いようのない興奮を呼び、強烈に性感を刺激されてしまっていたんです。

「ふはぁっ……ほらほら、もう乳首も爆発しそうなくらいビンビンに立ってるぜ？ こりゃあアッチのほうもさぞかし……」

ヤツは私の腰を浮かせると、強引にジーンズと下着をずらし下げました。そして、剝き出しになった私のアソコに指をこじ入れて……、

「ほぉら、もうヌルヌルだぁっ！ このドスケベマ○コがぁっ！ すました顔してチ○ポ入れてほしくて仕方ねーんだろっ！ わかった、わかった、それじゃあ、その熱いご要望にお応えして……っ！」

溢れんばかりにぬかるんだ私のアソコを確認すると、ヤツは我が身をくねらせて汚いズボンを下ろし、ペニスを突き出してきました。

怖いくらいに勃起し、そそり立ったソレは、薄汚く黒ずんでいるくせに、大きく張り出した亀頭だけは、やたら鮮やかなピンク色で……私は正直、早く入れてほしくてたまらなくなってしまっていました。

「それじゃあ、入れるぜ？ よいしょ……っと！」

ヤツは自分のペニスの上に私のアソコをかざし上げ、ズブズブとぬかるんだ肉襞の中に荒くれた肉棒を沈めていきました。

「んんっ、んぐっ、うぐぐうぅっ……！」

熱くて硬い衝撃が私の胎内を貫き、そのあまりの快感に全身が痺れてしまうようでした。

「おおっ、ホンモノのオマ○コだぁ……あったかくて、ヌルヌルで……くうっ、き、気持ちいいよぉっ！」

ヤツはもう勢いに任せるままに、下からガンガンと突き上げてきました。そのたびに私の脳内で、白い小さな光が弾け、気が遠くなるようでした。

そして、

「ううっ、だ、だめだぁ、も、もう……イッちまうっ、くうぅっ……！」

ヤツはそう呻き、腰をググッとひと際高く突き上げるようにしたかと思うと、ビクンビクンと激しく体中を震わせながら、私の胎内に精を注ぎ込みました。

私もそれを受け入れながら、同じようにカラダを震わせつつ、繰り返し、繰り返し、絶頂を迎えてしまっていたのです。

「ふうっ、奥さん、すげぇよかったぜ。本当は俺の根城はこの辺じゃねぇんだけど、また気が向いたら来るかもしれねぇし……そん時は、縁があったらまたよろしく頼むぜ、へへへ」

ヤツはそう言い、個室でぐったりとしている私を残して去っていきました。

ようやく気を取り直し、身づくろいをしてトイレから出ていった私ですが、ずいぶん長くトイレにいたように思ったのに、入ってからまだほんの十分しか経っていませんでした。

「ちょっとトイレ長かったみたいだけど、大丈夫？」

ママ友にそう聞かれ、

「うん、大丈夫、大丈夫！　お世話かけてごめんね」

と、私は答え、娘を遊ばせ始めました。

誰にも言えない、いろんな意味で忘れられない体験です。

■まるで私たちに張り合うかのように、横にいたカップルも性交テンションを上げ……

はじめての露出プレイ体験でケモノのように乱れ狂って！

投稿者　新村いずみ（仮名）／31歳／パート

つきあって一年ほどになるセフレのKさんと、露出プレイしてみようということになりました。それまではごく普通の不倫セックス（?）を楽しんできたんですが、だんだん飽きてきて、なんか刺激が欲しくなってきちゃったんです。

夫が残業で帰るのが遅くなることがわかっているある日、夜八時くらいにKさんの車で出発しました。場所は、この辺りではカップルのメッカとして有名な隣り町にある自然公園です。

行ってみると、平日の夜だというのに、広い駐車場は車でいっぱいでした。

「みんな好きだね～」

「人のこと言えないじゃん！」

私たちはそんなことを言い合いながら車を停め、公園の奥のほうへと入っていきました。

自然公園というだけあってブランコなどの遊具はなく、緑豊かな光景が広がる中、そこかしこに照明灯が輝き、その光が届くか届かないかの微妙な境界線を境目に、暗がりの中で幾組ものカップルが蠢いています。

ある者はベンチの上で、ある者は地面にレジャーシートを敷いてその上で……と、各人各様、淫らに絡み合っているんです。

「さあ、俺たちも仲間入りしようよ。赤信号、みんなで渡れば怖くないってね」

Kさんの言葉に笑わせられ、手を引かれて歩きながら、私はもう周りのカップルたちの痴態にくぎ付けでした。

女性が完全に上半身裸になり、男性の上で腰を振っています。

下半身を剥き出しにした男性の前で膝をついた女性が、美味しそうに肉棒をしゃぶっています。

あ、なんと、男性二人と女性一人で3Pしている人たちまでいます！

そんなのを見ているうちに、私のほうももう、なんだかたまらなく昂ぶってきてしまいました。アソコがキュンキュン疼いて、思わず腰をよじらせてしまいます。

「お、イイ感じで興奮してきたな？」

「だって……人のエッチをナマで見るなんて初めてなんだもの」

「ふふ、そうそう……つまり自分のエッチを人に見られるのも初めてってことだろ？どんだけ感じるか楽しみだな」

Kさんの言葉でさらに気分が高まってきて、私はがむしゃらにKさんに抱きつき、激しく唇を求めていました。

「ああん、早く、早く抱いて！　メチャクチャにしてぇ！」

そう言って濃厚なディープキスを交わし、そうしながらお互いの衣服を引きむしるように脱がし合いました。

すると、『お、今日はまた特別激しいカップルがいるぞ！』みたいな感じで、たくさんの視線が私たちに注がれてくるのが、痛いほどわかりました。なんだか全身の皮膚がヒリヒリするような感じ。

私たちはもつれ合うようにして、芝生の上に転がり込みました。そして、そのまま体勢を変えてシックスナインになだれ込みました。裸の皮膚に芝がつくのもお構いなしに性器を舐め合います。

Kさんの肉棒はいつにも増して硬くたくましく勃起しているようで、私の口の中でビクン、ビクンと勢いよく暴れ回ります。

私の肉穴もいつも以上に熱くジュクジュクと濡れそぼり、自分でも怖いくらいの乱れようでした。

　他人に見られながらするのが、まさかここまで興奮するものだったなんて……私はどんどん高まってくる性感の嵐に煽られながら、Kさんの肉棒をしゃぶる口戯のパワーを上げていきました。それに応じるようにKさんのほうも私の肉穴を掻き回す舌のスピードと激しさを増していき、もうたまらないぐらいに気持ちよくなってきてしまいました。

「すげぇな……俺らも負けてらんねぇな」

　近くでそんな声が聞こえ、まるで私たちに張り合うかのように、横にいたカップルも性交テンションを上げ、ケモノのような激しさでまぐあい始めました。

「ああっ、すごい……あの人たち、私たちのこと見て、あんなにすごくなっちゃってる！　はあっ、こっちもものすごく感じちゃうぅ！」

「はぁ、はぁ、はぁ……どうだ、露出プレイってすごいだろ？　こうなったら、俺たちもケモノみたいに楽しまなきゃ損だ！　ほら、ぶち込むぞぉ！」

　Kさんが剣豪の刀のように肉棒を振りかざして、恥ずかしいくらいに濡れそぼった私の肉穴に突き入れてきました。

「ひゃあっ、はぁっ、あああんっ！」

私は両脚でKさんの腰をきつく挟みつけ、より深く、より強く肉棒の力感を味わおうと、もう必死でした。

「ああっ、そんなに締められたら、俺、もう……！」

Kさんが感極まった声でそう叫び、私も、

「ああ、ひぃ……いいわ、出して！　あなたの熱くて濃ゆいヤツ、私の中にいっぱい出してぇっ！」

と喚いて、私とKさんがクライマックスに向かうと、隣りでも、

「おおっ、あんたら、イクのか？　ううっ、俺も……もうっ！」

「あひぃ、わ、私もぉっ！」

という切羽詰まった声が聞こえ、次の瞬間、私たち四人はほぼ同時に果ててしまったんです。

私とKさんは、そのカップルとちょっと照れくさい笑みを交わし、激しい絶頂の余韻を体の中に宿しながら、車で公園をあとにしたのです。

とってもスリリングで興奮する、はじめての露出プレイ体験でした。

■私と亜紀さんは、水面下で激しくお互いのアソコを責め合い、愛し合い……

露天風呂を女同士の淫らな体液で汚してしまった悦楽の夜

投稿者 天野真理子（仮名）／29歳／専業主婦

私が住む町内の婦人会では二年に一回、親睦のための温泉旅行があります。今年の参加者は総勢八人で、私は去年結婚して今のところに住み始めたので、これが初めての参加です。

「女同士水入らずで、まあ、お互いのダンナの悪口で盛り上がってこいよ」

夫はそう言って明るく送り出してくれて、私もこういうのって高校の時の修学旅行以来なので、けっこうワクワクしながら、朝の九時に皆でチャーターしたマイクロバスに乗り込みました。

参加メンバーの中には、私が今のところに住み出して以来、仲良くしてくれている、ご近所の亜紀さん（三十歳）もいました。私はバスの中で彼女と隣り合わせて座り、それはもうキャイキャイと盛り上がりながら、目的地までへの二時間の道程を楽しみました。

お昼頃到着し、まずは皆でランチをとり、近場の観光地を数か所見て回ったあと、夕方近くに一度、眺めのいい露天風呂を楽しんだあと、午後六時から小広間で宴会となりました。

海辺の温泉地ということで本当に魚介類が新鮮で美味しくて、夫が言ったとおり、皆のダンナや姑への文句の数々もここぞとばかりに飛び出す無礼講で大変盛り上がり、思わずお酒も進んで、私はけっこう酔っぱらってしまいました。

宴会が終わったのは、もう九時近く。

私はいったん部屋に戻って酔いを醒ましたあと、さあ、あらためて温泉を楽しみましょ、と浴衣姿で再び露天風呂に向かいました。昼間の素晴らしい眺望もよかったけど、夜の雰囲気もまたいいものです。

浴衣を脱いで浴場に足を踏み入れた時、私の他にも四〜五人の先客がいました。同じ婦人会の人もいれば、他の泊まり客もいて、和気あいあいと会話を交わしながら、温泉を楽しみました。

そして一時間ほどが経つうちに、だんだん人がいなくなって、夜の十時半を回った頃には、とうとう私一人になってしまいました。

さあ、私もそろそろ上がりましょ、と思った時でした。

浴場の戸が開いて、亜紀さんが入ってきました。

「何、もう上がっちゃうの？　さびしいなあ、もうちょっとだけここにいてよ。二人で温泉を楽しみましょ？」

と言われ、私もいい加減のぼせかかっていたのですが、さすがにむげにすることもできず、彼女につきあってあげることにしたんです。

「ふふ、真理子さんって、けっこういいカラダしてるわよね。オッパイも大きいし、腰がキュッとくびれてて……私、けっこう痩せてるから、うらやましいなぁ」

亜紀さんは私の背中を流してくれながら、そう言いました。

「そんな……私こそ、スレンダーなモデル体型の亜紀さんがうらやましいです」

「そう？　嬉しいなあ、そんなこと言ってもらえると。お礼に丁寧に洗っちゃお！」

亜紀さんはそう言いながら、後ろからツルンと両手を前のほうに滑らしてきて、ボディソープをヌルヌルと泡立てながら、私の左右の胸を揉み回してきました。

「あっ……ちょっ、ちょっと亜紀さん、な、何を……？」

「ふふっ、いいじゃない、女同士なんだから……真理子さんの大きいオッパイ、ちょっと私にも堪能させてよぉ。ああ、モチモチでマシュマロみたい……」

思いもしない展開にうろたえる私でしたが、亜紀さんたら平然とした顔で、モミモミ、ネチャネチャと、上下左右にオッパイをこね回し、弄んでくるんです。私はなんだか変な気分になってきてしまいました。だって、亜紀さんの手の動きがあまりにも気持ちいいんですもの。

するると、戸が開いて別のお客が浴場に入ってきました。

さすがに亜紀さんも、とっさにさっきまでの普通に背中を流す格好に戻りました。私がホッとした反面、ちょっと残念に思っていると、

「さあ、一緒に湯船に浸かりましょ？」

と、亜紀さんが言い、私は素直に従って湯船に入り、二人でじゃぶじゃぶと露天風呂の奥まったほうへと進んでいきました。

そして壁を背にして二人で並んで座ると、満を持して水面下で亜紀さんの手が伸びてきて、私の股間をいじくり出しました。

「ごめんね。本当は初めて会った時から、真理子さんとこうしたかったの。真理子さんは女同士なんて初めてでしょ？　いいのよ、あなたはされるがままで」

「あっ……ああ……」

自分は女子高時代に先輩にレズの手ほどきを受けて以来、バイセクシャルになっちゃったのよ、と言いながら亜紀さんは私のアソコの中で指をクニュクニュと蠢かせ、

私はその妖しい快感に陶然となってしまいました。

するると、無意識のうちに私の手も亜紀さんの股間に伸びて、驚いたことにヌルヌルと蜜を帯びているソコをいじくっていました。

「ああっ、真理子さん……嬉しいわ、応えてくれて……んんっ！」

それは、お返しに、という義務感からではなく、ごく自然に出てしまった行動で、私自身がそんな自分に驚いてしまいました。

「あっ……亜紀さん……んんくぅ……」

私と亜紀さんは、他の入浴客の目を盗みながら、水面下で激しくお互いのアソコを責め合い、愛し合い、声を押し殺しながら、悶えよがってしまいました。

「くぅっ……真理子さん、んう、ああ、いいっ……」

「亜紀さん、亜紀さん……私もっ、私も……いいっ！」

そして、女二人でひっそりとイキ果ててしまったんです。

公共のお風呂を、淫らな体液で汚してしまったことは本当に申し訳ないけど、生まれて初めて女同士のよさを知ってしまった、忘れられない夜のお話です。

■すっかり濡れてしまっているオマ○コをオチン○ンの上にかざすと、根元を持って……

息子の家庭教師の若くたくましい肉棒を夢中で頬張って

投稿者　三田村はるか（仮名）／32歳／専業主婦

　私、自慢じゃないけど、今までの人生、ずっとモテっぱなしで、こと恋愛に関しては自分のほうから相手にアプローチしたということがありません。ただひたすら、向こうが言い寄ってくるのを待ち、その中から気に入った相手を入れ食い状態でピックし、つきあうというのを繰り返してきました。今の夫だってそうです。ＯＬ時代に合コンで出会ったのですが、その翌日から始まった猛烈なアタックに私が根負けする格好でつきあい出し、まあ、それなりの企業に勤める将来有望株ということで結婚してあげることにしました。今現在、夫は三十四歳ですが、課長職を務め収入も高く、小学一年生の息子との三人で新築のマイホームで暮らすという何不自由のない生活で、私の選択はまちがってなかったっていうことですね。

　でも、そんな私が生まれて初めて、自分からやむにやまれずアプローチしてしまった体験を、今日はお話ししたいと思います。

その相手は、何を隠そう、息子の家庭教師の雅也くん、二十五歳です。

ママ友の一人から、名門中学のお受験を目指すなら、今からそれに向けて手を打っておかなきゃダメよ、と言われ、この界隈では評判のいい家庭教師派遣会社に頼んで来てもらうことになったのが、雅也くんでした。

彼は私立の名門W大卒。でも、決して頭でっかちの優等生タイプではなく、ずっと陸上を続けてきたという爽やかスポーツマンタイプ。今大人気の俳優、福士○太を彷彿とさせるイケメンで、私は一目会った瞬間から気に入ってしまいました。

週二で息子の勉強を見にきてくれていたのですが、これまで同様、彼のほうが私のことを好きになって言い寄ってきてくれないかなぁ、なんてちょっと期待していたものの、なんだかまったくそんな兆候もなく……なのにそれとは裏腹に、私のほうがますます彼のことを好きになってしまって。

とうとう、意を決して彼にアタックすることにしたんです。

その日、私は事前に段取って、雅也くんの自宅授業が終わったあと、近くの実家に住む母に息子を迎えにきてもらいました。高校時代の仲間たちとの集まりがあるってウソをついて。

そして、それじゃあ僕は、と言って帰ろうとする雅也くんを、息子の授業カリキュラムのことで折り入って相談があるという名目で引き留め、家に彼と二人きりになりました。次の家の訪問があるという彼を、三十分くらいいいでしょって無理言って。

居間のソファセットに彼を座らせ、私はキッチンで入れたお茶をトレイに載せて運びました。そして彼の前に置こうと手を伸ばした瞬間、あっ！　と言って手元が狂ったふうに装って、彼のズボンの股間に向けてお茶をぶちまけたんです。もちろん、やけどしないように、あらかじめぬるめに入れてあります。まあ、あまりにもベタなやり方でしたが、時間もあまりありませんし、手っ取り早くダイレクトにいきたかったんです。

「ご、ごめんなさい、私ったらなんてこと……！」

「だ、大丈夫ですから……自分で拭きますからっ……！」

慌てて布巾でズボンの股間を拭こうとする私を、彼は必死になって止めようとしましたが、私は引き下がりませんでした。

「だめよ、早く拭かないとシミになっちゃうもの！　ああ、本当にごめんなさいね」

そう言って、グイグイと彼の股間を拭きこすりました。もちろん、単に力任せではなく、絶妙に強弱をつけるようにして。すると……、

「あっ、ああ……」

彼のなんだか女の子みたいに甘ったるい喘ぎ声と共に、私の手の下で股間がムクムクと硬く盛り上がってきたんです。

「あれ……先生、これって……？」

私はわざとらしく驚いたように言いながら、さりげなく布巾を手放すと、手のひらで股間のこわばりをさすり、揉み込むようにしました。それに呼応するように、さらに昂ぶりが増し、ドクンドクンと脈動が伝わってくるようです。

「だ、だめです、お母さん、そんなことされたら……あっ……」

「もう、お母さんはやめて！　はるかって呼んで……」

「い、いや、そんなこと言われても……ほら、ユウくんの授業カリキュラムの話をしないとっ！」

「そんなの口実に決まってるじゃない！　私は雅也くんとこうしたかったの。ね、私のことキライ？」

「えっ……そんな、キライだなんて……」

私は彼の素直な肉体の反応を窺いながら、ここぞとばかりに攻め込んでいました。

もう、カラダの内側から熱いメスの本能がムンムンと沸き立ってきます。

「そうだよね、キライなわけないよね。だって、ココはもうこんなに私のこと欲しがってるもの。たくましくてステキ！」

私はズボンとパンツを引きずり下ろして、彼のいきり立ったオチン○ンをジュボリと口に咥え込みました。

「あ、ああ、あ……おかあ……は、はるかさん……っ！」

雅也くんのせつないヨガリ声を聞きながら、私は一心不乱にオチン○ンをしゃぶり立てました。敏感な亀頭の笠の縁部分に舌を絡め、ニュルニュルと舐め回し、ズッポリと竿全体を喉奥まで呑み込むと、タマタマを手で揉み転がしながら、ジュッポ、ジュッポと激しく頭を上下動させて吸い搾るんです。

「ああ、す、すごい……はるかさん、すごい、イイです……っ」

「ふふ、雅也くんのオチン○ンもギンギンですごいわよ……ああ、早くこれ、入れたいわぁ……っ」

「ああ、僕も……入れたいですぅ……」

「ふふふ、まだダ〜メ！」

私はあえて焦らし、ここで彼のシャツを脱がして全裸にさせると、自分も服を脱ぎ去って、ガマン汁まみれのオチン○ンを手でヌルヌルとしごきながら、乳房を体にこすりつけるようにして、乳首を舐め吸ってあげました。

「あうっ、くうっ……そんなにされたら、僕、もう……っ！」

いよいよ、いっぱいいっぱいにオチン〇ンが勃起しまくった、その瞬間を私は待っていました。

彼のことを責めているだけで、もうすっかり濡れてしまっているオマ〇コをオチン〇ンの上にかざすと、根元を持って支えながらズプズプと沈めていったんです。

「あっ……ああ、あああん……」

内側からヌチヌチと私の肉襞を押し広げてくる、その肉棒の充実感ときたら、それはもう素晴らしく、私はたまらず彼の上で腰を振り立ててしまいました。

「ああ、はるかさん……ああっ、いいっ……」

「ああん、雅也くん、ステキ、サイコーッ！」

そして、ものの五分とかからず彼は爆発するように激しく射精し、私もそれを胎内で受け止めながら、アクメに達していました。

生まれて初めての自分からの誘惑アプローチは、とっても刺激的で、なんだかクセになっちゃいそうな興奮でした。

私も立派な熟女になったっていうことかな？

第三章

アブノーマルな快感

■さんざん部長を責め立てているうちに、もうアソコはドロドロに濡れまくって……

部長と私のSM愛人関係の密かな愉しみ

投稿者 北原るい（仮名）／26歳／OL

私は勤め先の上司と愛人契約を結んでいて、月に二～三回のプレイ相手をすることで、十万円のお手当てをもらっています。

それというのも、夫が会社をリストラに遭ってしまい家計が苦しくなり、今のお給料だけでは回らなくなってしまったからです。色々考えた挙句、前から私に言い寄ってきていた部長（五十一歳）の要請を受け入れることにしたというわけです。

いざ愛人づきあいを始めてみると、驚いたことに部長は真性のマゾヒストでした。私、昔から、美人だけどキツイ顔立ちでちょっと近寄りがたいって言われてて、いわばその〝女王様顔〟を見込まれての愛人契約だったんです。

部長は体も大きくいかつい顔をした、いわゆる〝コワモテ〟として社内では恐れられていて、社長でさえ相対する時には低姿勢になるというもっぱらの話でしたが、私と二人きりになって、いざプレイが始まると、その豹変ぶりときたら……今はもう慣れましたが、最初は開いた口がふさがらないほどでした。

「ああ、女王様、今日私は部下のAくんを必要以上に怒りすぎてしまいました……もっと冷静になりたいと思っているのに、ついつい逆上してしまうんです。こんな愚かな私を、思いっきりお仕置きしてください！」

部長がブリーフ一丁の情けない姿で膝をつき、床に額をこすりつけて懺悔し、私に懇願してきます。対する私はプレイの日専用の黒い上下の下着に、黒いガーターベルト、そして真っ赤なピンヒール履きという女王様仕様で仁王立ちしています。

「なんだ、またやっちまったのかい？　ほんと、いつまでたっても学習しない愚か者だねぇ！　ほら、とりあえず私の靴を舐めな！」

「は、はいぃ、女王様、喜んで！」

部長は犬のようにペロペロと私の赤いピンヒールのつま先を舐めます。

「ああ、女王様ぁ……」

と、調子に乗ってその舌先をじりじりと上げ、私のふくらはぎを舐めてきました。

「ごるぁっ、この無礼者！　ふざけた真似してるんじゃないよ！」

私は思いっきり部長の肩口を蹴りつけ、吹っ飛んだ彼は無様に尻もちをつき、仰向けにひっくり返りました。

「ああっ、スミマセン、スミマセン、女王様ぁ！　ご無礼お許しください……女王様のおみ足があまりにきれいで、ついついガマンできず……」

「問答無用よっ！」

私はツカツカと歩み寄ると、ピンヒールのつま先で部長の乳首をギリギリと踏みつけました。いつも言われているとおり、手加減はしません。踏みにじられた乳首の周囲が赤く染まり、腫れ上がってきます。

「あっ、あっ、女王様ぁ……くひぃ……っ！　お、お許しをっ！」

と、口ではそんなことを言っていますが、痛めつけられて興奮しているのは明らか……ブリーフの股間がムクムクと大きくなっているんです。

「あ〜あ、なんだい、この有様はっ？　チ○ポ、おっ立ててるんじゃないよ、このド変態がっ！　ほらっ、こうしてやるっ！」

私は今度はピンヒールの鋭く尖ったかかとで、そのこわばった股間を踏みつけてやりました。ブリーフの布地を突き破らんばかりに勃起したペニスの竿部分に、グリグリとヒールが食い込む手応えが感じられます。

「はひっ、ひぃ、ぐひぃ……があっ、ああ、女王様ぁ……お、お許しをっ！」

と、泣き叫ぶ声とは真逆に、もちろんペニスの勃起度は増す一方です。

「ダメだね！　ほら、次はこうだっ！」

私はつま先を引っ掛けてブリーフを引きずり下ろして脱がせると、今度は玉袋にヒールを突き立てました。袋の中でグリリッと睾丸がよじれるような感触があり、

「ひいいいいいいぃいぃいッ、あがぁぁぁッ！」

部長の絶叫が響き渡りますが、もちろん、ここでやめたりすると怒られるのはわかっているので、私はさらにヒールをグリグリとこね回すようにして責め立ててあげるのです。そして、その流れでアナルにも突き入れて……。

「くはっ、あぐう、ひゃひぃぃいぃいっ！」

さすがにもう真っ赤に充血し、限界までパンパンに膨張したペニスの様子を窺った私は、ここで苦痛責めをやめ、次のプロセスに移りました。

ガーターベルトは着けたまま、パンティだけ膝まで下ろして、部長の顔の上にまたがると、その口にアソコを押し当てました。そして手を伸ばして、いきり立ったペニスを摑んでしごき立てながら、

「ほら、女王様の聖肉にご奉仕しなっ！　手を抜いたりしたら承知しないよ、しっかりヒダの一本一本まで舐めるんだよ！」

「ふぐぅ……ふひぃ（はいぃ）……」

最初こそ、この部長とのSMプレイにとまどうばかりの私でしたが、場数を踏んでいくうちにコツを知り馴染んでいき、今ではすっかりサディスティックに感じることができるようになっていました。さんざん部長を責め立てているうちに、もうアソコはドロドロに濡れまくっています。

「んぐっ、ふぐぅ、んじゅっ、じゅぶぅっ……ぐじゅぶっ」

「はあっ、そう、そう……いいよ、ああ、んんんっ……」

私は腰をよじらせて部長の舌の動きに感じまくりながら、ペニスをしごく手に力を込めていきました。すると、

「はぐっ……んぐうううぅっ！」

私の股ぐらでくぐもった喘ぎ声を上げながら、部長はドピュドピュッと凄い勢いで射精し、私の手をグッチョリとザーメンで汚しました。

「ごるあぁぁっ！　女王様をさしおいて、なに自分勝手にイってるんだよっ⁉　ほらっ、ちゃんと私のこともイかせないと承知しないよっ！」

「は、はい、女王様ぁ……申し訳ありません！」

そして、今度はベッドへと移動し、ノーマルに二回戦を愉しむというのが、私たちの定番の流れとなっています。

私は部長のペニスをフェラチオして再び硬く回復させると、両脚を大きく広げて、深々と受け入れました。

「ああっ、いいっ、ああああああっ！」

そうしてようやく、オーガズムに達することができました。

そもそもは家計のために始めたこの部長とのＳＭ愛人関係ですが、今ではけっこう楽しんじゃっている自分がいるのです。

夫には絶対に言えませんけどね。

■双方の淫動ががぜん速く、大きくなり、私の胎内に竜巻のような快感のうねりが……

オナニーを見られ見せられる秘密の相互エクスタシー

投稿者 京田かすみ（仮名）／30歳／専業主婦

私、何が興奮するって、そりゃもう誰かにオナニーを見られることが、サイコーに興奮するんです。

え、だったらダンナにオナニー見てもらえば、手っ取り早くていいんじゃないかって？　いやいや、それが違うんですよぉ。ダンナはダンナ、あくまで生活を共にしてるパートナー以上でも以下でもなくって、そんなのに見られたって、ぜーんぜん興奮はしないんです。

なので私、見つけました！

そういう出会い系のサイトで、私のオナニーを喜んで見てくれる相手を。この場合、一番大事なポイントは、向こうも人にオナニーを見てもらうのが大好きってことです。

そう、私、ダンナ以外の相手とセックスをするつもりはないんです。それってただの裏切りじゃないですか？　私はパートナーであるダンナを裏切るつもりはこれっぽっちもありません。

そう、あくまでお互いにオナニーを見せ合いっこして興奮する、プレイ相手が欲しいだけなんですから。

向こうは私と同じ年のサラリーマンっていうことでしたけど、待ち合わせて実際会ってみると、大学生くらいに若く見えました。しかも、けっこう爽やか系のイケメンで、すごく意外な感じでした。

「あのう……一応念押しなんですけど、今日はあくまで見せ合いっこってことで、エッチはやらなくてもいいんですよね？」

私はホテルに入る前に彼に確認しました。

「もちろんです。あくまでお互いに見るだけ……指一本触れませんよ」

「はい、ＯＫです！」

私は安心して、彼についてホテルに入っていきました。

部屋に入ると、普通ならエッチの前にシャワーを浴びるところでしょうけど、なにせお互いに接触はしないわけで、私たちの場合、その必要もありません。それぞれ服を脱いで全裸になると、二人で広いダブルベッドに上がり、私はヘッドボードに寄りかかる格好で座り、彼はその反対側の足のほうに座りました。

「それじゃあ始めましょうか？」

「はい、お願いします」

彼の言葉に私はそう答え、両脚を大きく広げると、片手で股間をさすりながら、もう片手でオッパイいじりを始めました。Dカップというそれなりの大きさのある乳房をゆっくりと揉みしだき、時折指先で乳首を弾くようにします。

彼のほうも同じように両脚を広げ、真ん中に鎮座するアレをしごきながら、自分の乳首をつねるようにし始めました。

（ああ、この人、こういうふうに感じるんだ……）

そう思いながら見ていると、じわじわと体内に興奮が満ちてきました。

彼の視線も舐めるように私のカラダ中を這い回り、その淫靡な目の輝きに皮膚が炙られるようでした。

「ああ……あん、んんっ……」

思わず喘ぎ声が喉から漏れてしまい、忙しく乳首をこね回し、アソコをいじくりながら、私の視線も彼のアレにくぎ付けでした。

さっきまでは小さかったそれが、今や隆々と……十五センチ近くに立ち上がり、赤黒い亀頭をパンパンに膨らませています。彼の手が上下に行き来するたびに、ジュクッ、ジュクッと先走り液がしぶいているようです。
「あ、ああ……いいよ……もっと、見て……」

とろんとした声でそう言いながらヨガる彼に刺激されて、私の自慰行為もますます激しさを増してしまいます。今や手の真ん中三本の指が根元までアソコの中に入り込み、淫らな速さで抜き差しを繰り返すんです。

「あっ、ああ、あああん……くふぅ……」

喘ぎ声は一段と大きくなり、ヌッチャ、グッチャとあられもない淫音がアソコから響き、垂れ流れた淫汁がシーツを濡らしています。

「ああ、きみのオマ○コ、もうドロドロだね……すごい、すごいよ……僕もなんだかもうたまらなくなってきた……」

そう言う彼のしごくスピードもどんどん上がっていき、膨らんだ亀頭が手のひらの圧力でおかしな形状に歪んでしまっています。ああ、なんてイヤラシイ光景なんでしょう！

「はぁ、はぁ、はぁ……あなたのオチ○ポもすごいことになってるわぁ……パンパンでもう爆発しちゃいそうよ……」

「ああっ、はふう……だめだ、僕、もう……っ！」

「ああん、私も……私だって……っ！」

双方の淫動がぜん速く、大きくなり、私の胎内に竜巻のような快感のうねりが巻き起こりました。激しい勢いで私の性感を揺さぶってきます。

彼のほうも今や腰を浮かせて一心不乱にアレをしごきまくっています。

その時、お互いの視線がバチッとぶつかって、痺れるようなエクスタシーの奔流がほとばしったかと思うと、私は全身をビクビクと震わせてイキ果てていました。彼のほうも盛大にザーメンを発射し、その飛沫が一メートル以上離れた私のすぐ前まで飛び散ってきたくらいでした。

「あっ、ああっ、あああああ〜〜〜〜っ！」

「うっ、ううっ、くうぅ〜〜〜〜っ！」

ああ、相互オナニープレイってなんて最高なんでしょう！

当分やめられそうにありません。

■立派な亀頭をレロレロと舐め回して、竿の裏筋から玉袋までを、一気に舐め上げ……

ケガ人の姿に興奮してしまう私はトンデモ変態ナース

投稿者　黒柳麻衣子（仮名）／25歳／看護師

私、一応結婚してて、夫とはごく普通のセックスを週イチくらいでこなしてるんだけど、本当はそんなんじゃ全然満足できないの。

私がカラダの奥底から感じることのできるのは……骨折とかして包帯でグルグル巻きになって、身体の自由が利かない男とヤルHなの！

元は私、そんなんじゃなかったのよ？　でも、看護学校を出て晴れて昔からの憧れだった看護師になれて、今の整形外科病院に勤め出してから、おかしくなってきたっていうか……ギプスをはめたり、包帯を巻いたケガ人の男性患者を見ると、なんだかどうしようもなく興奮するようになっちゃって……。

最初は、そういう患者さんを見たり、接したりしたあとはトイレに飛び込んで、オナニーしてカラダの昂ぶりを抑えて、なんとかやり過ごしてたんだけど、だんだんそんなんじゃ収まらなくなってきて……とうとう、自分からそういう患者さんを襲うようになっちゃったの。

ついこの間もね、体育大学の学生さんがラグビーの試合中に右足を骨折して入院してきたんだけど、これがまた、筋肉隆々のたくましいカラダの上にかなりのイケメンっていう相当な上玉。

他の看護師仲間はそれだけでみんなざわついてたけど、私はそこにギプスと包帯が加わったことでこそ、もうたまらなくなっちゃうわけ。

で、ある日の当直の夜、もう絶対喰ってやろうって！

その日で彼、入院十日目ぐらいだったんだけど、なにせ体力も精力もバリバリ有り余ってる年代じゃない？　こっちから誘いをかければ間違いなくノってくるっていう自信があったわ。

夜の十二時近く、私はこっそりと彼の病室に忍んでいったわ。個室だったら一番よかったんだけど二人部屋。でもこの際、贅沢は言ってられないもの。

まず入口の手前側にいる同室の患者さんの様子を窺うと、うまい具合にぐっすりと眠っててくれたので、これはしめしめと。まちがっても起こさないようにと、そろそろと病室奥の窓側のカレのベッドのほうに忍んでいき、すぐ脇まで接近したわ。

彼の寝姿は、上はTシャツで下は短パン。そして骨折した右足はしっかりとギプスで固定され、上から包帯でグルグル巻き状態。

くぅ～～～っ、た、たまんないっ！　萌える～～～っ！

私は早速、彼の短パンの股間部分をゆっくりとさすり始めたわ。今は平常時のはずだけど、しっかりとしたボリュームが感じられて、思わずもう生唾モノよ。

そうやってしばらくさすってると、次第にムクムクと反応してきて、むっちりと前部分が盛り上がってきたわ。

「ん……んんっ？」

さすがに彼のほうも尋常ならざる感触を覚えたみたいで、目を覚ましたわ。で、やっぱりびっくりするじゃない？　ナースが自分の股間を撫でてるんだから。

「え……？　か、看護師さん、な、何やってるんですか？　ちょっと……」

そう言ってうろたえてるのを、私はやさしく諭すように言うわけ。

「大丈夫、大丈夫。いいことシテあげるだけだから。君も入院してからもう十日も経ってるし、さすがに溜まってきてるんじゃない？　こんなすごいガタイして、精力有り余ってるでしょ、ね？」

「えっ……い、いや、それはまあ……」

と、彼。まあこういう場合、拒絶するような男はまずいないわね。

自分で言うのもなんだけど、ナイスバディの美人ナースにこんなアプローチされたら、逆らえる男なんていないでしょ？

「ふふ、いいのよ。ほら、なんたって体は正直だもんね」

私の愛撫の刺激で、彼の短パンの前部分は、もうパッツン、パッツンに張り詰めていて、まさにはち切れんばかりだったわ。

「ねえ、中身を解放してあげないと、もう痛くてたまんないんじゃない？　さ、出すわよ」

右足が例の状態だから完全に脱がせるわけにはいかず、私は短パンのチャックを下げて、股下の辺りまで剝き下ろすようにしてあげたわ。すると、途端にビンビンのペニスがブルンッ！　ってすごい勢いで飛び出して、そそり立って……それはもう、たくましいガタイそのままに見事なビッグサイズで、私ったら思わず生唾ゴックン！

「ねえ、しゃぶってもいい？」

「あ、は、はい……」

そりゃもう、ここまできて断るわけもないわよね。

私は折れてる右足に触れないよう、ベッドの横から身を乗り出して彼のペニスを咥え込んであげたわ。

太い竿に舌を絡みつかせてジュルジュルと舐めてあげると、彼は、

「はう……あぁッ、す、すげぇ……」

せつなそうな声でそう言って、うっとりと目を閉じて悶えるの。その顔がまた可愛くて、私はますます興奮して激しくしゃぶっちゃうのよ。

「んふぅ……じゅぷっ、おいひぃ……はむっ……」

「ああ、あ……さ、最高です、看護師さん……あ、あの、オッパイ、触ってもいいですか？」

「んふっ、もちろん、いいわよぉ……はぶぅ……」

私が咥え込んだままそう答えると、彼は手を伸ばして私のナース服のボタンを外して、中に突っ込むと胸に触れ、揉んできたわ。

「ああっ、ノ、ノーブラ……大きくて、もっちりしてて、や、柔らかい……」

ふふ、もちろん、準備は万端ですとも。もっと言うと、下はノーパンだよ！

私は胸をふにふにと愛撫され、その快感を味わいながら、さらに咥え込み強度を上げてあげたわ。立派な亀頭をレロレロと舐め回して、竿の裏筋から玉袋までを一気に舐め上げ、舐め下ろし……ガチガチになった先端からタラタラとガマン汁が溢れてきて、そのちょっと苦いセクシーな味わいがまた、余計に私の昂ぶりにメラメラと火を

つけちゃうのよ。

「ああ、私、もうたまんなくなってきちゃったぁ……ねぇ、オマ○コにこの立派なオチン○ン、入れさせてもらってもいい？」

「はぁ、はぁ、はぁ、も、もちろんです！　僕ももう、看護師さんのオマ○コにチ○ポ入れたくてたまんないですぅ！」

「だめよ、そんなに声張っちゃあ……お隣りさん、起きちゃうわよ？　はい、もっと声を抑えて……そうそう。さ、じゃあ、入れちゃおうかな」

「は、はいぃ……」

私はすっかり荒ぶった彼の声を聞きながら、慎重に彼の右足に触れないようにしながら、ベッドの上に這い上り、ナースズボンを脱ぐとオマ○コを彼のペニスの上にかざして、そのままダイレクトに腰を沈めていったわ。太い肉棒がズブズブと肉ヒダをこじ開けて奥まで突き進んでいって、もう気持ちいいのなんの！

「はふぅ……んんっ、あはっ……」

「はぁはぁはぁ……か、看護師さんのほうこそ、もっと声落としたほうがいいですよ。そんなに喘いだら、部屋の外まで聞こえちゃいますよ……んぐっ！」

「ああん、そんなこと言ったってぇ、き、気持ちいいんだものぉ……」

　私は彼の上でゆっさ、ゆっさと腰を振り立て、さらに肉穴の奥へ奥へと肉棒を呑み込んでいったわ。

　そして、とうとう……、

「あ、あ、あ、あ……僕もう、イキますっ、んぐっ！」

「あはぁ、私も……私もイクぅっ……！」

　二人そろってギリギリ小さな叫びを発しながら、絶頂まで昇り詰めてたわ。

「看護師さん、すみません。足さえ骨折してなかったら、もっともっと感じさせてあげられたのに……」

　って、彼が申し訳なさそうに言うもんだから、私、言ってあげたわ。

「ううん、全然！　あなたが骨折してたからこそ、私はいっぱい、いっぱい感じられたのよ。骨折、サイコー！」

　へへ、さすがにちょっとヘンかしら？

■店長は自分のペニスにもたっぷりとローションを塗りたくると、バックからアナルに……

はじめて味わうアナルSEXのドキドキ快感！

投稿者 藍村美奈代（仮名）／33歳／パート

パート先のスーパーの店長（三十四歳）とセフレ関係にあるんですが、もうだいぶつきあいが長くなって、マンネリ感が出てきたせいか、最近、店長ったらこんなことを盛んに言い出し始めたんです。

「ねえ、ねえ、アナルSEXって興味ない？　ふつうのとはまた違った刺激で、かなりいいらしいよ？」

って。

そりゃ今まで話だけはよく聞いてたけど、アナルって、やっぱりウ○チするところでしょ、そこにオチン○ン入れるなんて、ちょっとどうなの？　と、どうしても抵抗感が拭いきれなかったんです。

でも、ほとんど終わってる夫婦関係の他に、性欲を満たせるのは今の店長との関係しかありません。なので、ここであまりかたくなに拒み続けると、いつ関係を解消されてしまうかわかりません。

そこで、私もようやく意を決して、店長のリクエストに応えてあげることにしたんです。

「わかった。いいわよ、アナル。でも、痛いのはやだよ」

「了解、了解！　いろいろ研究して、ちゃんと痛くないようにするから。よし、じゃあ来週末のＨデートで決行ね？　よし、やったぁ！」

なんだかすごく嬉しそうです。とりあえず、店長の私への興味をつなぎ留められてよかったと思いました。

翌週、いつもどおり夫がゴルフに行ってしまった土曜日。私は独身一人暮らしの店長のアパートへと、いそいそと出かけました。

（今日はいよいよ……後ろでヤルんだ……）

そう思うと、あらためて不安と恐怖のような感情が湧き上がってきましたが、それ以上に、新しい快感への期待みたいなのもあって、道すがら、なんともいえないドキドキ感に包まれていました。

部屋に着いて店長に出迎えられ、いつもどおりシャワーを浴びようとすると、彼にそれを制され、こう言われました。

「さあ、今日はその前にこれをやってもらうよ。お腹の中をきれいさっぱり空っぽにしないと、あとで大変なことになっちゃうからね」

そう、浣腸です。

私はお尻を出させられると、店長の手によってアナルに浣腸を注入されました。なんともいえない冷たい流入感が、下腹からぐわぐわと広がっていき……気持ち悪いけど、同時にある種独特の興奮を感じてしまいました。

そして数分後。

「あ、ああ、きた、きた……っ！」

「よし、思う存分吐き出してこいっ！」

私は店長に促されてトイレに駆け込むと、体内からこみ上げてくる信じられないほど強烈な便意に任せて――……！

とても書けませんが、それで本当にお腹の中が空っぽになったような爽快感を覚えることができました。

そしてようやく、いつもどおり二人でシャワーを浴びて……特にアナルのところは念入りに……体を洗いました。

ベッドには一面にピッチリとビニールがかけられていました。

「今日はこれをたっぷりと使うからね。布団が汚れないようにさ」

ビニールが柔らかくきしむ妙な感触の上に身を横たえる私に、店長は水色のボトルを差し出しながら言いました。

それはローションでした。店長はボトルを傾けてドロドロと透明で粘り気のある液体を手のひらにとると、私を四つん這いにさせてヌルヌルとアナルに塗り込み始めました。冷たいけど、なんともいえず心地いいぬめり感が、まだギュッとすぼまっているアナルを、やわやわと揉み込んできます。

「ああん……なんだか、へんなかんじ……」

「ふふふ、こうやって念入りにほぐすのが肝心なんだ。入口だけじゃなくて、ほら、こうやって中のほうも……」

店長の指が直腸の内部にも侵入してきて内壁をグニュグニュとマッサージされ、

「あひっ、ひゃあああんっ！」

と、私はその初めての感覚に思わず変な声をあげてしまいました。

「さあ、まだまだ！　もっともっとほぐしていくからね」

店長はそう言うと、それから優に三十分ほどもかけて、私のアナル周りの肉を入念にほぐしていきました。そしていよいよ……。

「よし、ほぐしはもうこの辺でいいだろう。じゃあまずは、これを使って……」

店長がアナルに挿入してきたのは細身のバイブレーターでした。ナマのオチン○ンを待ち構えていた私はちょっと拍子抜けでしたが、

「まずはこれくらいの太さで馴らさないと……痛いのはいやなんだろ？」

「う、うん……」

私は店長に言われるままにそれを受け入れ、最初はちょっときつめの異物感を覚えたものの、何度か抜き差しされているうちにそれも無くなり、すごく滑らかな心地よさを感じるようになりました。

「よし、これで完全準備ＯＫ！　じゃあ、俺のナマチ○ポ、アナルに入れさせてもらうよ！」

店長は、すでに勃起している自分のペニスにもたっぷりとローションを塗りたくると、バックから私のアナルにズブズブと突き入れてきました。

「あひっ、ひっ、ひっ……あ、あ、あ、ああ……」

さすがに指やバイブよりもずっと太いペニスの最初の侵入は、かなり痛みに近いものを感じさせましたが、

「大丈夫？　ゆっくり動くからね。んっ、んん、ん……」

背後から店長に、耳元でやさしく囁かれながら抜き差しをされているうちにそれも無くなり、じわじわとえも言われぬ快感が胎内に広がってきました。

「ああ、店長……なんだか、とても気持ちよくなってきた……ああ、あん！」

「ああ、俺もいいよ……くう、もうマ○コなんて比べものにならないくらい、強烈に締め上げてくる……くうっ！」

そうして店長のアナル・ピストンはどんどん速さを増していき、私のほうももうなんの抵抗もなく、それを受け入れ、愉しめるようになっていました。

「ああっ、いい、いいわ、店長！　アナル、感じる〜〜〜っ！」

「はぁ、はぁ……う、うくぅっ！」

とうとう、店長が爆発してしまいました。

冷たい浣腸とは違って、熱い精液が直腸に流入してくる感覚がまた、初めて味わう官能で、それはもうたまらないものがありました。

そのあと、今度はオマ○コに入れてもらって、私も完全にイキ果てることができましたが、アナルＳＥＸは確かに独特の魅力があって、これからもたまにはやってもいいかなって思った私でした。

■夫とよその女との睦言を聞いているうちに、今度は飢えたメス犬みたいに興奮して……

隣り合ったトイレの個室で夫婦別々にイキまくる私たち

投稿者 高島優樹菜（仮名）／29歳／OL

私は夫と同じ会社に勤めているんですけど、最近になってとんでもないお楽しみを見つけてしまいました。

それは何かっていうと……あえて名づけるとするなら、『ダブル不倫盗聴シゲキHプレイ』とでも申しましょうか……。

まあ、なんの話かわからないでしょうが、順を追って説明していくと、こういう感じになります。

まず、私は夫のことをすごく愛しています。夫のほうはどうかわかりませんが、まあ私のことを嫌いではないと思います……が、それはこの際、どうでもいいんです。

でも、残念ながら、最近、私たちの夫婦エッチ関係はマンネリ気味で、はっきりいって停滞状態にあり……まず先に、夫が同じ社内の亜紀というＯＬとの浮気に走ってしまいました。私はといえば、だから怒るということはなく、逆に、ああ、私のがんばりが足りなかったんだなぁ、と夫に対して申し訳ない気持ちでいっぱいで……。指をくわえて黙って見ているしかありませんでした。

そんな時、私の同僚の悠太という男性が、私にモーションをかけてきたんです。彼は、夫と亜紀のことをちゃんと知っていて、

「優樹菜さん、ダンナがあんな勝手なことをやってるんだったら、こっちだって好きにしましょうよ？　俺、前から優樹菜さんのことが好きだったんですよ。ねえ、つきあってくださいよ」

と、言ってきたんです。

私は素朴な疑問を訊ねたんです。

「なんで、夫と亜紀のこと、あなたが知ってるの？」

すると、最初、なんだか言いにくそうにしていた悠太でしたが、意を決したようにこう言ったんです。

「だって……ダンナときたら、五階の男子トイレの個室に亜紀を連れ込んで、勤務時間中にそこでエッチしてるんですよ？　しかも、二～三日に一回の割合で。そりゃいやでもこっちだってわかっちゃいますよ！」

最初、悠太の誘いにあまり気のりしなかった私でしたが、この話を聞いてから、がぜん、気持ちが変わってしまいました。

「白昼堂々、会社のトイレで？」

「そうですよ！　まったくとんでもないですよね？」

そう言って憤慨して見せる悠太に、私はこう言いました。

「ねえ、つきあってあげてもいいけど、条件があるわ。それを呑んでくれるのなら」

「なんですか？　いいですよ、なんだってやりますよ！」

意気込んでそう言う悠太に、私は思いついたある条件を話しました。さすがに一瞬引いた彼でしたが、結局、

「わかりました。いいですよ、やりましょう！」

と、承諾してくれたんです。

その条件というのは……。

ズバリ、夫と亜紀がエッチしてる隣りの個室で、私たちもこっそりエッチするというものでした。

え、なんでわざわざそんなことするのかって？

だって、夫が亜紀との不倫に走ってるってことは、そりゃまあ単に相手を代えたっ

てだけかもしれないけど、一方で私が夫に提供できないものを、亜紀が持ってるって可能性もあるわけでしょ？　それなら、夫と亜紀のエッチを観察・分析することで、夫が求める私に欠けている何かを知る機会ともいえるじゃないですか？

とにかく私、愛する夫のためにできることは、なんでもしたいんです。

っていうことを悠太に話すと、優樹菜さんってバカがつくほどいい奥さんですねぇってあきれられたけど、それが私の偽らざる本心なのだから仕方ありません。

そして、夫と亜紀の社内不倫エッチ実行の情報を入手した、ある日。

私と悠太はなんとか仕事の都合とタイミングを調整して隠密行動を開始し、例の五階の男子トイレへ向かい、先に入っていた夫と亜紀の個室の隣りに滑り込みました。

そして息を殺して、薄い壁一つ隔てただけの（しかも上のほうは空いてますから、声や物音はけっこうクリアに聞こえます）隣室の様子を窺いました。

「はぁ、はぁ、はぁ……亜紀、ようやくまた会えたね。この間、もう君のことを抱きたくて気が狂いそうだったよ」

「って、こないだヤったの、つい三日前じゃない。どんだけ私とヤりたいのよ？　あんなに美人でやさしい奥さんがいるっていうのに」

「うん、まあ……その……完璧すぎるところが、ちょっと息苦しいっていうか。なんか愛されすぎてて重いんだ」

「んもう、ほんと、勝手なんだからぁ！」

私は夫と亜紀の会話を聞きながら、ショックを受けていました。

私の愛が重すぎる……？

まさか夫にそんなふうに思われてるなんて、考えもしませんでした。愛しすぎて、疎まれてしまうなんて……。

明らかにショックを受けている私に、悠太が低く抑えた声で囁いてきました。

「かわいそうな優樹菜さん……はっきり言って、あんなわがままなダンナ、もう救いようがないですよ。ねえ、もう全部吹っ切って、俺とのエッチを楽しみましょうよ！俺、優樹菜さんのためなら、なんだってしますよ！」

「悠太くん……」

私は彼のやさしさに、少し心を動かされながらも、なかなかそんな気にはなりませんでした。夫にとって私は、何かが足りないとかじゃなくて、いわば全否定されてしまっているようなものなのですから。

でも、その時、隣室から無神経で淫らな声が……。

「ああ、あなたのチ〇ポ、今日もビンビンね！　正直、私も実は毎日、この素敵なチ

○ポのこと思い出して、ここを濡らしてたのよ。ああ、早く入れてちょうだい！」
「はぁっ、亜紀……よし、入れるよ……っ」

するど、どうしたことでしょう？

夫と亜紀の淫らなやりとりを聞いているうちに、なんだか私もメチャクチャ興奮してきてしまったんです。

さっきは、自分のことを全否定されてものすごく落ち込んだというのに、夫が他の女と睦み合う声を聞くことで、すごく性欲を掻き立てられてしまったんです。

私は悠太におねだりしていました。

「ああ、ねえ、オマ○コいじってぇ、私、なんだかたまんないのぉ……」

悠太は、さっきまでの雰囲気とは豹変した私にちょっと驚いたようでしたが、すぐに切り替えて、応じてきました。

「よろこんで！　いっぱいいじっちゃいますよぉ……」

彼の指がパンティをこじ開けて入り込んできて、私のオマ○コを撫で、中に突っ込んで肉襞を掻き回してきました。すっかり濡れているソコは、ジュクジュクと湿った淫らな音を立てます。

「やあ、すごいなぁ、優樹菜さん。ドロドロに熱くて、俺の指を溶かしちゃいそうな勢いですよ！　ほらほら、どんどん奥のほうに入っていっちゃう」

「あぁん、言わないでぇ……」

愛する夫に木っ端みじんに自分の存在を全否定されて、どん底まで落ち込み、でもその裏切った夫とよその女との睦言を聞いているうちに、今度は飢えたメス犬みたいに興奮して……そんなとりとめの無さすぎる自分が、どうにも理解できませんでした。

でも、これって理屈じゃないのかもしれません。カラダは正直なのです。自分の愛情を裏切った夫とよその女のまぐあいにどうしようもなく感じてしまっている肉体が、今ここにある……それを否定することはできないんです。

「ああ、太いチ○ポ、とってもいいわぁ……」

「くふぅ、亜紀、亜紀、ああっ……」

夫と亜紀の睦言ががぜん、激しく盛り上がってきました。

「ああ、悠太、私にも悠太のチ○ポ、ちょうだい！　もうたまんないのぉ」

「はいはい、優樹菜さん。俺もチ○ポにはけっこう自信がありますよぉ……突いて突いて、突きまくっちゃいますよぉ！」

トイレの便座に腰かけた悠太の上にまたがり、私はオマ○コに彼の太くて長くて硬いペニスを迎え入れました。下からズンズン突き上げられ、子宮の奥まで届くその感覚は、気が狂いそうな気持ちよさでした。

「はぁ、はぁ、はぁ……ゆ、悠太ぁ……」

「ゆ、優樹菜さんっ……！」

そんな私と彼の睦言を掻き消すように、隣室からも一段とたけり狂った淫声が響いてきます。

「くうぅ、亜紀、亜紀……もう、で、出ちゃうよぉ……！」

「はぁはぁはぁ……いいわ、出して、濃ゆいのいっぱい出してぇ！」

私も負けないくらいに昂ぶってきました。

「悠太ぁ、イク……もう、イッちゃうぅっ！」

「はあっ、優樹菜さん、優樹菜さんっ……！」

ほぼ同時に二つの個室から淫らな喘ぎ声が響き渡り、私たち四匹の欲獣は一緒にクライマックスを迎えてしまったようでした。

この日を境に、私は夫婦愛の新たなステージに突入してしまったようです。

夫の裏切りを悲しむのではなく、それを糧にして果てしない快楽の地平をいく……

そんなやり方もまたいいのかなって思う、今日この頃なのです。

■彼女のちょっと厚めの唇をチロチロと舐め、いやらしくぬめってきたところを……

主婦友の肉体を狙う私は淫靡なレズビアン・ハンター

投稿者 南山結子（仮名）／27歳／パート

私、三歳の娘がいる主婦なんですけど、大きな声では言えないものの、実はバイセクシャルなんです。男も女も好き。

そんな私の密かな愉しみは、素養のありそうな主婦仲間を女同士の快楽の世界に引きずりこむこと。性のハンターとなって、無防備な相手をレズビアン性愛に目覚めさせることに、めちゃくちゃ興奮しちゃうんです。

つい最近も、新しく入ってきたパート仲間のケイさん（二十八歳）のことを一目で気に入ってしまって、誘惑しちゃおうと決めました。私の見立てでは、絶対にレズ素養あるし！

職場の先輩としてあれこれと親切に教えてあげて、いろいろと話しをしているうちに、あっという間に親しくなりました。もちろん、まだまだ主婦友レベルですが。

ケイさんは、最近夫の浮気に悩んでいるようでした。でも、元々内気な性格らしくて、そんな夫の裏切りをとがめることもできず、怒りと悲しみを胸の内に溜め込むと同時に、かなりの欲求不満に苦しんでたみたい。

これは絶好の攻め時ね、と思った私は、娘が幼稚園に行っている午前中、ちょうどケイさんも私もパートが休みの日を選んで、家に遊びに来るように誘ったんです。

「そうね、じゃあお言葉に甘えて」

と、ケイさんは私のマンションにやってきてくれました。

とてもお天気のいい日で、陽光がさんさんと降り注ぎポカポカと暖かいリビングで、私はケイさんに紅茶とケーキを出しました。

「これ、この近所で評判のお店のモンブランなのよ」

「へえ……ほんと、すっごく美味しい！」

そんなふうに和気あいあいと語らっていたんだけど、だんだん私、ハンターの本能（？）がムズムズと蠢きだして、じっとしていられなくなってきちゃいました。

で、さりげなく正面のソファから回り込んでケイさんの隣りに座ると、

「それにしてもケイさん、きれいなお肌してるわよねぇ。とても私より一つ年上だとは思えないわ。ほら、しっとりスベスベ！」

と言いながら、彼女の腕をさわさわとさすりました。

「え、いえ、そんなこと……結子さんだってきれいじゃない」

ケイさんはいきなりの私のスキンシップに若干とまどっているようでしたが、肌を褒められること自体は悪い気がするわけもなく、はにかみながらも私がするようにさせていました。

私の見立てどおり、これは完全に脈ありです。

女同士の素養が全然ない人は、こういう場合、もっと如実に拒絶反応を示すものなんです。バッと手をどけたりして。

そこで私はさらに踏み込んで、体全体を横から密着させていきました。

「あ、ケイさんたら、パッと見スレンダーに見えて、こうして直に触れると、出るところは出てて、引っ込むところは引っ込んでて……けっこうメリハリのあるグラマラスなカラダしてるのね。私はあまり凹凸のないカラダだからうらやましいわ」

と言いつつ、手を後ろから回して彼女の腰回りをサスサスと撫でてあげます。

「……あ、そうなのよ、私ってけっこう着やせするみたいで、これまでつきあった相手からも、よく同じことを……」

彼女は自分からそんなことを話し始めましたが、ハッとしたように口を閉ざしました。意外にきわどいことを口走ってしまった自分にブレーキをかけたのでしょう。

でも、私はそのタイミングを逃しませんでした。

「……でも、最近、ご主人は触れてくれないのよね？　かわいそうに、こんなに魅力的なカラダなのに……」

「ゆ、結子さん……？」

ここぞとばかりにぐっと顔を近づけてきた私に一瞬ひるんだようなケイさんでしたが、逃げ出すようなことはありませんでした。どうやら完全に私の術中にハマっちゃったみたいです。

「ねえ、私にあなたのこと、愛させてくれない？　全部まかせてくれていいから……絶対に後悔はさせないわ」

「え、結子さんって、そういう……？」

言葉ではとまどいを感じさせながらも、彼女はもはやうっとりとしたような表情で、私のするがままになっていました。

私はしっかりとそのカラダを抱きしめて、口づけしました。

彼女のちょっと厚めの唇をチロチロと舐め、いやらしくぬめってきたところを、舌でぐっと割ってニュルリと滑り込ませました。そして彼女の舌にヌロヌロと絡みつかせると、ジュルジュルと吸い上げてあげました。

「んぐぅ、ぐぷぅ……んじゅぶっ……！」

うっとりと喘ぎながら、ケイさんの体中の力が抜けていくのがわかりました。

「はぁっ、ケイさん……ずっとこうしたかった……」

私は彼女の耳朶を噛みながらそう囁くと、その服を脱がせ始めました。続いて自分も服を脱ぎ、二人そろって全裸になりました。

ケイさんのオッパイはほどよく大きく、ツンと上を向いた乳首が、えも言われずセクシーで、私はたまらずむしゃぶりついちゃいました。

「んちゅっ、ぐぷっ、ぬじゅぅぅ……はむっ……」

「ああ、あ、結子さん、あ、ああ……ああん！」

彼女は全身を反り返らせ、ビクン、ビクンと打ち震えながら感じまくり、きっと無意識なのでしょう、私の胸にもむしゃぶりついてきました。その口唇愛撫はいかにも馴れていない、たどたどしさを感じさせるものでしたが、その初々しさが逆に私の性感をいたく刺激してくるんです。

「あっ、ケイさん……ああっ、あ、あ……」

私は喘ぎながら、だんだん体を下のほうに下げていき、舌先をおへそ、下腹の順に滑らせ、とうとうケイさんの熱くぬかるんだ秘部をとらえました。その汁だく感たるやものすごく、肉土手からだらだらと溢れ、滴り落ちる様は、本当に溜まりに溜まり、飢えまくったオンナの欲求不満具合を痛感させました。

「ああ、ケイさん、ここ、すごいことになってるわ。いっぱい舐めてあげるから、思う存分感じてね！」

　私は肉土手に食らいつくようにして秘部をしゃぶり、吸い、ドロドロの膣内を激しく掻き回して責め立てました。

「あひっ、ああん、ひああっ……結子さん、んはぁっ……」

　ケイさんのほうもただやられるだけではなく積極的に動き、自分からシックスナインの格好になるよう体をずらしていき、私の秘部に食らいついてきました。力任せの愛撫が、また無性に感じちゃうんです。

「あん、あっ、ああ……ケイさん……！」

　そうしてさんざん、お互いの秘部を口で愛し合ったあと、私はいよいよ仕上げに入りました。こっそり用意してあったもの……両端が挿入できるようになっている双頭のバイブレーターをソファの下から取り出すと、その片方をケイさんの中に突っ込み、もう片方を自分の中にねじ込んだんです。そして双方の胎内をより深くえぐるように腰をグリグリとうねらせました。

「あひぃ、だ、だめ、こんなの、結子さん、か、感じすぎるぅ……」

「はぁはぁはぁ、いいのよ、ケイさん、気が狂うほど感じちゃってよぉ！」

今や私たちは、お互いの肉体をむさぼりあう獰猛な牝獣と化し、無我夢中で腰を激しく打ちつけ合っていました。

「ああっ、もうダメ、イク、イクのぉっ……あああっ！」

「ああん、私も……ケイさん、あっ、あっ、あっ……！」

そして、あられもなくイキ果ててしまった私たち。

一息ついたあと、

「あ、もう幼稚園バスのお迎えの時間！　行かなきゃ！」

「あら、私ももう時間だわ」

そう言って、お互いにあわただしく別れたんです。

■乳首を中心に円を描くように筆が蠢き、じわじわと性感が高まってきて……

世にも淫らな筆遣いでヨガりまくったご近所書道教室

投稿者　三枝貴子（仮名）／36歳／専業主婦

私は前から、子育てが一段落したら、自分のために何か習い事をしたいなぁと思っていました。そして、息子が小学校の高学年になりそれなりに手が離れたということで、いろいろ考えた挙句、近所の書道教室に通うことにしたのです。昔からいろんな人に「字がきたない」って言われ続けてきたもので。

その書道教室はマンツーマン指導が売りで、七十歳過ぎの男の先生が二階建ての自宅の一階部分を教室に改築して、営んでいました。マンツーマン指導のほうが上達が早いであろうことは容易に想像できますが、男の先生と二人きりってなんか心配だなぁ、という不安も、相手がほぼ枯れかかった七十歳のおじいちゃんということで気にする必要もなさそう、とここに決めたのです。

先生の指導は親切で丁寧でわかりやすく、とてもツボを押さえたもので、一回二時間、週二回の授業を続けるうちに私はめきめきと上達していきました。で、おかげさまで三ヶ月ほど通ううちに、ペンや鉛筆で書く字もかなり見栄えのいいものになってきたので、まあ、もうこの辺でいいかなと、ある日の授業のあとに先生に、教室をやめることを伝えたのです。

「ええっ、それは残念だなあ。三枝さん、いい素質があるからもっともっと上達すると思って、私もすごい教え甲斐を感じていたっていうのに」

「本当ですか？」

私は先生の意外な言葉に思わず嬉しくなってしまいました。だって、これまでの人生、ひたすら字がきたないって言われ続けてきた私が、専門家から素質があるって言われたんですよ？

と、そんな舞い上がっている状態の時に先生に、

「でもまあ残念だけど仕方ないねえ。お宅の事情もあるだろうし。じゃあ、私から最後のお願いだ。お別れのしるしに一杯つきあってくれないかい？　なに、大丈夫。どこにも行かないで、ここで軽くビールで乾杯するだけだから」

と、思わぬ申し出を受けたものだから、なんか断るのも心苦しくて……私、ほとんど下戸なんですけど、一杯だけということでつきあってあげることにしたんです。

あ、ちなみに先生は四年前にご病気で奥さんを亡くされ、お子さんたちも皆自立し

ているということで、一人暮らしででした。

授業終わりの午後三時ごろ、私と先生は教室の隅にあるテーブルを挟んで、ビールで乾杯しました。

「それじゃあ、先生のご健康を祈って、カンパーイ！」

「三枝さんの今後の幸運を祈って、カンパーイ！」

私はグラスのビールを半分ほど飲んだのですが、案の定、すぐに酔いが回って、クラクラしてきてしまいました。

「ああ～、先生……私、もうダメですぅ、なんだか目が回ってきましたぁ」

私が言うと、先生はやさしい笑みを浮かべながら、

「大丈夫かい？　じゃあ、この辺でちょっとした余興をやってみようか？　私の五十年を超える書道人生で身につけた、特別なワザを披露しようじゃないか」

酔っぱらっているせいで、何を言っているのか今イチわかりませんでしたが、とにかく私は調子を合わせました。

「すごーい！　特別なワザって、いったいなんですかあ？」

すると先生は、

「それはね、こういうことだよ」

と言うと、やおら大判の作品用の太くて巨大な筆を取り出すと、その毛先で私の首すじを撫でてきたのです。

「ひ、ひあっ……ううんっ……」

私はその柔らかく繊細な筆先の感触に、思わず悩まし気な声を上げてしまいました。だって、ゾクゾクするほど心地よかったんですもの。

「ふふ、これがそのワザだよ。死んだ女房が意外な好きモノでね……昔せがまれて、筆を使った愛撫を試し始めたんだ。そしたら女房の奴、すっかりハマっちゃって。それからは私も、女房を悦ばせたい一心で、さらに筆愛撫のワザを磨いていったんだ。なんたって、元々が筆遣いのプロなんだ。さらに性戯の手法として特化させれば、どんな女だってもうイチコロだよ。ほらほら！」

いつしか私のブラウスの前ははだけられ、フロントホックのブラも外されて、乳房が露わになっていました。そしてそこに先生の筆先が襲いかかってきたのです。乳首を中心に円を描くように筆が蠢き、じわじわと性感が高まってきたところで、毛先が乳首に絡みつき、押しつぶすように責め立ててきます。

「あふっ……んんっあっ……あああんっ！」

えも言われぬ気持ちよさに、私はもう全身が蕩けそうな感覚を覚えていました。

「いやいや、まだまだこんなの序の口だよ。本番はこれからだ」

先生はそう言うと、今度は細い字を書く用の面相筆を取り出してきて、その毛先を水に浸して濡らしました。そして、いよいよ私のスカートと下着を脱がして下半身を剝き出しにすると、その濡れた面相筆をおへそのところからチュルルッと滑らして、私のクリちゃん……恥ずかしい肉豆にシトッと絡みつけ、ウネウネと蠢かせてきたんです。その繊細だけど、たまらない快感ときたら……！

「ひあぁっ、ああん、あふぅ……！」

思わず私の喉からあられもない喜悦の悲鳴がほとばしってしまいました。

「どうだい、すごくいいだろう？　死んだ女房もこうやって可愛がってやると、ひいひい言って悦んでたなぁ……あなたの筆遣いは世界一よって言ってね」

わ、私もそう思います。

先生の絶妙な筆遣いによって、何度も何度も小さなオーガズムの火花が爆発し、私は全身をひくつかせながらのたうってしまうのです。

「はぁ、はぁ、はぁ、はぁ……ああんっ……」

「さあ、もうそろそろクライマックスに達したくて仕方ないんじゃないのかい？　でも残念ながら、私自身の肉筆はもう使いものにならないから……最後はこれでやらせてもらうよ」

と言って先生が取り出してきたのは、直径が五センチはあろうかという超巨大な大筆でした。その柄のほうに、いつの間に取り出したのか、コンドームをかぶせてグイグイと私のアソコに押し込んできたのです。普通だったらきっと痛くてたまらないことでしょうが、さんざん責められて熟れきった私のアソコはなんの抵抗もなく、その節くれだった竹の柄を呑み込んでいったのです。

「ああっ、あ、ああ、あああああ～～～～っ！」

「さあ、三枝さん、思いっきりイッて！　ほら、ほら、ほらっ！」

先生の煽り声にノせられるままに、私はとうとう最後の瞬間を迎えていました。

「三枝さん、ありがとう。私の最後のお楽しみにつきあってくれて。それじゃあ、これからも元気でね」

と、先生に別れの挨拶を告げられた私でしたが、自分でも意外な言葉を返していたのでした。

「いえ、これからも引き続き教室に通わせていただきます。先生の筆遣い、もっともっと知りたいんです」

■私は感じまくりながら、いよいよ彼のペニスへのフェラ・ボルテージを上げて……

オトコを征服する拘束女性上位セックスでしか感じない私

投稿者　沼畑加代子（仮名）／27歳／専業主婦

私、町内会の役員をやっていて、そこで一緒に夏の盆踊り大会の実行委員をやったことから、三沢さんちのご主人と親しくなったんだけど、その後、つきあってほしいって告白された時にはちょっとびっくりしたわ。

彼、四十歳なんだけど、若い頃からずっと水泳をやってるっていうことで、筋骨たくましいなかなかのイケメンおやじ。なもんで、密かに町内の奥様方の間ではけっこうな人気があるのね。でも、私がもしつきあうとすれば、そんなことくらいでは心が動かないんだな、これが。

私は彼に、こう言った。

「つきあってあげてもいいけど……絶対に私のいうこと聞いてくれる？」

彼、そりゃあもちろん聞くけど、それってどういうこと？　って訊いてきたけど、「そんなこと、私の口からはとても言えないわ。その時になればわかるわ。で、どうするの、聞くの？　聞かないの？」

聞く、聞く！　彼、結局そう答えたわ。

そして最初の逢引きの日。

念のため、最寄りから三つ離れた駅前で、私は彼に車で拾ってもらい、十五分ほど走ったところのホテルへ。

お互いにそれぞれシャワーを浴びて身ぎれいにしたところで、いよいよ私は彼に、こう指示を出したわ。

「じゃあ、ベッドの上に仰向けに寝てちょうだい。いい、じっとしててよ？」

私は持参してきた特殊素材でできたヒモをバッグから取り出すと、それを使って、大の字になった彼の両手両足をベッドの四隅に、しっかりと縛りつけていった。このヒモ、とっても頑丈なんだけど、皮膚に跡が残りにくいっていう優れモノで、こういうプレイにはもってこいなの。

そう、私はこうやってオトコの自由を奪って、自分好みに、自分のペースで逆レイプ的にセックスするのが大好きなの！　特にこういう、普段大きい顔してるマッチョ男を自分の意のままにするなんて、もう最高に興奮するってものよ。

彼のほうも私の意図を理解すると、いやあ、こういうのは初めてだなぁって、まんざらでもない感じだった。

「ふふ、それじゃあ始めるわよ」

私はまず、彼の上に覆いかぶさると、たっぷりとした乳房を顔の上にかざして、その先端を口元に近づけていったわ。

「さあ、私がいいって言うまで舐めて、吸って！　手を抜いたりしたら承知しないからね。わかった？」

彼は、はいはいって言って、私の乳首をブドウの粒を食べるように、ちゅぷりとその唇に含み、ちゅぱちゅぱと吸い、舐めしゃぶってきたわ。

「はぁ……ああ、そう、イイ感じよ……ううん……」

私はかなり感じてきたところで、ちゅぽんと彼の唇から乳首を抜き外して、もう片方の乳首を咥えさせた。まだ手付かずのそっち側は超敏感で、電流が走るような快感だったわ。

「ひゃあっ、はぁ……ああ、いいっ、もっと、もっと吸ってぇ！」

私は乳房全体がぐにゃりとつぶれるくらいに彼の顔にめいっぱい体を押しつけ、口も鼻もふさがれるような格好になった彼は、息苦しそうに喘ぎ出したわ。はぁはぁ、ぜえぜえって。その苦悶の感じがまたいいのよねぇ、オトコを征服してるぞって雰囲気ビンビンで。

そうやってたっぷり十五分ほどもオッパイに奉仕させたかしら。

次に私は体を反転させて、アソコを彼の顔の上にかざし、にちゅうっと口に押しつけていった。

「ほら、私のオマ○コ、一生懸命しゃぶるのよ!」

女性上位のシックスナインの格好ね。

でも、彼には私のを目いっぱいしゃぶらせるけど、私はまだまだ、そんなことしてあげるもんですか。

もうだいぶ立ち上がってきている彼のペニスの亀頭のくびれのところを摑むと、そこをこねこねしながら、舌先でちょこちょこって鈴口のところをつついてあげるのね。そしたら、その刺激でぐんぐん大きくなってきて、あっという間にフル勃起しちゃったけど、まだちゃんとしゃぶってあげたりしない。じわじわと先端からにじみ出してくるガマン汁を舌先でツツーッてのばすようにしながら、亀頭の笠の縁部分に舌を這わせて弄ぶような感じ?

彼、ううっって、辛抱たまらないっていうような悶え声を出して、私のオマ○コへの奉仕がおろそかになっちゃったもんだから、

「ほらほら、休まない！　ちゃんと舐めてくれないと、このままチ〇ポ、生殺しにしちゃうんだから！　それでもいいの？」

って怒ったら、彼、すいませぇんって言って、気を取り直したように一生懸命、オマ〇コへの口唇愛撫のボルテージを上げてきた。じゅるじゅる、ぴちゃぴちゃ、ちゅうちゅう……って、これが自分のアソコから出てるのかと思うと恥ずかしくなっちゃうような、淫らで激しい音が部屋中に響き渡り、

「あひっ、はあっ、ああん……いいっ、いいわぁっ！」

って、私は感じまくりながら、いよいよ彼のペニスへのフェラ・ボルテージも上げてあげたわ。じゅっぽりと亀頭全体を咥え込んで、タマタマを手でもみもみ、ころころしてあげながら、顔を上下に激しく振り立てながら、じゅっぽ、じゅっぽと吸いしゃぶって……そうすると、上下に揺さぶられた乳首が彼のたくましい腹筋にこすれる形になって、これがまたなんともいえず気持ちいいの。

「はふっ、んんぐ、ぐふぅ……ああ、いいわ、いいっ、もう私、たまんない！」

いよいよ完全に性感が昂ぶりまくってしまった私は、体をがばっと起こすと、彼のことを見下ろす格好で、膝立ちでその腰の上にまたがった。そして、

「はあぁぁっ……じゃあ、オチン〇ン、いただきまーす！」

そう言って、ずぶずぶと勃起したペニスの上にアソコを下ろしていった。限界まで硬く大きく膨張した肉棒が、みちみちと私の肉裂いっぱいにみなぎり、自分のほうがリードしてるっていう征服感もあいまって、その興奮と快感は、そりゃあもうすごかったわ！

「あひっ、ひあぁ、ああん、あっふぅぅ……！」

私はもう恥も外聞もなく、思いっきり喘ぎ声を上げながら激しく腰を上下させて、彼のペニスを搾り尽くしてた。

するとと彼のほうも、ああ、もうダメ……イキそう、って言って……、

「はぁっ、イ、イクゥッ……ううっ！」

「ああん、ああ、あ、あ、あああああ～～～っ！」

二人、ほぼ同時に最高のクライマックスを迎えてた。

これで彼のほうも拘束女性上位セックスにハマっちゃったみたいで、それからも月に一回くらいのペースで楽しんでる私たちなの。

第四章
禁じられた快感

■義父はするすると顔を下のほうに下ろしていき、私の両脚を大きく開かせて……

義父に夜這いされて処女を失った忘れられない一夜

投稿者 山里まりあ（仮名）／29歳／専業主婦

私は幼い頃、実の父と死別し、その後母が再婚したことで、義理の父親と一緒に暮らすことになりました。私が小学校五年の時のことです。

義父はその時、母よりも若い三十三歳で、運送会社でトラックのドライバーをしていました。母がパートで勤めていた食堂によく来ていて、それがきっかけでつきあうようになったのだといいます。

義父は仕事柄か、とても体がいかつく、見た目はちょっとコワモテでしたが、気さくな人柄で私はすぐになつき、慕うようになりました。

ところが、事態が一変したのは私が高校一年の時でした。

母がある難病にかかり、無理をしなければ日常生活は送れるものの、体に負担のかかる激しい運動などをすると、命に拘わるような状態になってしまったのです。私は少しでも母に楽をさせてあげようといろいろと手伝い、当初は義父も何かと母のことを気遣っていたのですが……。

ある日の夜のことです。

時刻は夜中の一時を回っていたでしょうか。それなりの進学校に通っていた私は、普通の高校一年生とは思えないような大量の宿題をやっと終え、軽くシャワーを浴びると、疲れ切ってベッドに横になりました。するとすぐに眠気がやってきて、私は眠りに落ちていきました。

ところが、しばらくすると下半身にモゾモゾと変な違和感を感じ始めました。でも、最初はまだ眠気のほうが勝っていて、私は、

（ああ、なんだろう、これ……変な感じだけど、ちょっと気持ちいいかも……？）

と、いたって呑気な感じで、夢うつつでされるがままの状態でした。

その違和感は足先からそろそろと上のほうに這い登ってきて、ふくらはぎを撫で回したあとは太腿へ……かなり長くそこにとどまって、今度は内腿側を中心に柔らかく揉み込んでくるのです。

（んん……あ、気持ちいい……あああ……）

私はその頃まだ、オナニーこそ始めてはいませんでしたが、それなりに肉体は発達していて、普段の生活でも時折見舞われる、ちょっとしたカラダへの刺激に敏感に反

応するようにはなっており、この時もその延長線上で、自分でとまどいを覚えながらも、一方で新鮮な快感を愉しんでもいたのです。

でも、いよいよその違和感が内腿から股間に忍び寄ってきた時、それまでとは明らかに違う淫靡な感触に、さすがに頭の中でアラームが鳴り出しました。

（えっ……ちょ、ちょっと、こ、これって……？）

もう眠気も吹っ飛び、私はガバッと身を起こすと布団をはねのけました。

すると、暗い部屋の中、窓ガラスを通して差し込む月明かりを浴びて浮かび上がったのは、義父の顔だったのです。

私は心臓が口から飛び出すかと思うくらいびっくりして、

「お義父さん、なに……っ⁉」

と、叫びかけたところで、分厚い手のひらで口をふさがれ、声を封じられてしまいました。そのまま後ろから全身をがっしりと抱え込まれ、もう身動きもとれません。

「だめだよ、そんな大声上げたらお母さんが起きちゃうだろ？　驚かせて変な心配させたりして、体にさわったらどうするんだ？　おとなしくしなきゃ」

義父が私の耳元で囁いてきました。

ウブな私でも、さすがにうすうすは義父の意図を感じてはいましたが、次に言われた言葉で、残酷なほど明確にその現実を突きつけられたのです。

「ほら、お母さんがあんなことになっちゃって、お義父さんもいろいろがんばって、いろいろガマンもしてるわけだけどさ、もう限界なんだ。まりあだってわかるだろ？夫婦の間には絶対に必要なことがあって、お母さんはそれがもうできないんだよ。だからほら、実の娘として、お母さんに代わって夫の相手をするのが義務だと思うんだよ。な？」

今から思えばメチャクチャな理屈ですが、当時の私は突然の恐怖に駆られパニック状態に陥る中、義父に言われたことを、そういうものなのかと正当化することで、自分をなんとか落ち着かせようという心のメカニズムが働いたのかもしれません。

私は声を上げようとするのをやめ、体の力も抜きました。上目遣いに義父の目を見やり、服従の意思を伝えたのです。

「よしよし、わかってくれたみたいだね。いい子だ。大丈夫、精一杯痛くないようにするからね」

（それってやっぱり痛いものなんだ……）

私はつたない性に関する知識を思い出しながら、もはや義父の言葉を信用して、すべてを受け入れるしかありませんでした。

義父は私を束縛から解放しベッドに横たえると、パジャマを脱がせ始め、パンティも剝ぎ取りました。ブラは最初から着けていません。

「ああ、いつの間にかこんなにふっくらと豊かに育って……乳首も淡いピンク色でとってもきれいだ。ああ、まりあ、お義父さん、たまんないよ……」

義父は私の乳房を揉みながら、同時に乳首を吸ってきました。

当然、生まれて初めて味わう感触に、私は、

「あっ……ひう、くうっ、はふぅぅぅ……」

と、やくたいもなく感じ、喘いでしまいました。

ビリビリと電気が走るようで、でもそれは決して苦痛ではなく、あくまで甘く蕩けるようで……そのえも言われぬ快感が乳首を中心にじわじわと広がっていって、全身が空気に溶け込んで消えてしまうような、そんな怖さに包まれていました。

「んくっ、はうぅ、ああっ、あ……」

「はぁ、はぁ、はぁ……ああ、本当にすてきなカラダだ……もうお義父さんもビンビンだよ。なあ、さすがにもうオナニーぐらいはしてるんだろ？」

かなり興奮した義父にそう訊ねられ、私は素直に首を横に振っていました。

「ええっ、マジか？　オナニーしたことないの？　それじゃあいくらなんでも、いき

なり突っ込むわけにはいかないなぁ。よし、お義父さん、痛くないように、たっぷり濡らしてあげるからね」

義父はそう言うと、するすると顔を下のほうに下ろしていき、私の両脚を大きく開かせて、ぱっくりと剝き出しになったアソコに口をつけてきました。

「……あうっ……！」

義父の舌がクリトリスを軽くつついたその瞬間、さっきまでとは比べものにならないくらいの甘美で激しい電流が走り、私の全身を駆け抜けました。

そのまま舌はのたくり、クリトリスに絡みついて、さんざんくにゅくにゅとこね回すと、続いて割れ目の中ににゅるりと押し入ってきました。まるで自分の内部で巨大なナメクジが暴れ蠢くように肉襞を掻き回され、私は大きく体を反り返らせて、びくびくと悶え喘いでしまいました。

「ああっ、はぁっ、あはぁ……はうっ……！」

ぬちょぬちょ、ぐちゅぐちゅと、自分で恥ずかしくなってしまうようなイヤラシイ音がアソコから漏れだし、義父が嬉しそうに、

「よしよし、これだけ濡れれば、まあ、ある程度は大丈夫だろう。それじゃあ、お義父さんの……入れさせてもらうよ？」

と言うと、膝立ちになって私に自分の股間を見せつけました。

そこには、まだ実父が存命中に一緒にお風呂に入った時に見た、だらりとしたナマコのような印象のものとは明らかに違うモノがありました。

たけだけしくそそり立ち、こちらを威嚇するように鎌首をもたげたソレは、先端からぬらぬらと粘液をにじませていることもあって、昔見てすごく怖かった『エイリアン』という映画を私に思い出させました。

そして、その先端がいよいよ、つぷ、とアソコの中に入ってきました。

そのまま、ずぷずぷ、と押し入ってきます。

ぐぐぐっ、と奥までいった瞬間、

「あっ、ああ、痛っ……ああっ！」

いわゆる、破瓜《はか》の痛みが襲ってきました。

でもそれは、義父が入念に愛撫し、濡らしてくれたおかげか、想像していたほどの激痛ではなく、そしてほどなく収まっていきました。

「はぁ、ふぅ、はあぁぁ……」

そして、あとはもう快楽に身を任せるだけでした。

義父も、私のその様子を窺い、状況を察すると、がぜん抜き差しを本格化させてきました。深く、激しく、力強く突きまくってきます。

「う、ぐぅ……し、締まるぅ……まりあ、お義父さん、もう……！」

「あふ、あああん、はあぁっ、あああっ……」

私が人生最初の絶頂に達した瞬間、義父も素早くソレを抜き出すと、私のお腹に向かって、びゅっ、びゅっと大量の精液を放出していました。

「ああ、まりあ……とってもよかったよ。でも、このことは、くれぐれもお母さんには内緒な？」

私は黙ってうなずき、義父は部屋を出ていきました。

それから十三年が経った今も、四十六歳の義父と私は、密かに関係を続けています。

だって、私のほうが義父無しではいられないカラダになってしまったから……。

■私は彼と向かい合う格好で腰を沈め、ソレをズブズブと濡れた女陰で咥え込んで……

白昼の授業時間帯に男子高校生の童貞をむさぼった私!

投稿者 栗木美和子(仮名)/38歳/教師

私は高校で非常勤の英語教師をしています。

常勤の先生が急病などで授業ができない時に、ピンチヒッターとして代わりに授業を受け持つという、まあパートの先生みたいなものです。

そんな私が気になっている、ひとりの男子生徒がいました。

中山佑磨くん(仮名)という二年生で、頭は決して悪くないのにあえてワルぶっている、バッドボーイ系のイケメンです。

彼、たぶん言い寄ってくる女子なんてよりどりみどりのはずなのに、そういうのはまったく相手にせず、授業をさぼっては英語科準備室で待機している私のところに、しょっちゅうブラリとやってきては、時間つぶしをして帰っていくんです。何を大したことを話すわけでもないのですが、それを繰り返しているうちに、なんとなく私のほうも彼のことを意識するようになってきて……まあ、私はちゃんと夫も子供もいる身ですから、生徒とどうこうするわけもないのですが……と、その時まではそう思っていたんです。ところが……。

そんなある日のことでした。

いつもどおり、授業時間の真っ最中だというのに、彼が私の元にやってきました。

「ちわ～っす！」

「もう、また来たの？　そんな調子じゃ留年しちゃうよ？」

「大丈夫、俺、基本アタマいいから、いざとなれば！」

まあ、そのとおりなんですけど。

私が例によって彼の減らず口に辟易していると、一瞬の間をおいた次の瞬間、その表情が一変していました。なんともいえない淋しそうな顔をしていたんです。

「え、何、どうしたの……？」

私が問うと、彼は、なんと目の端に涙を浮かべながら、

「先生、俺さ、来月○○県に引っ越すことになった。当然、転校。親父の仕事の都合ってやつ？　ハハハ、先生、今まで何かと迷惑かけてゴメンね」

と言って、力なく微笑みかけてきました。

私は思わず、胸の奥がキュンとしてしまいました。

そして、ようやく初めて気がついたんです。

自分が佑磨くんのことを好きだってことに。

そう悟った瞬間、私の体は無意識のうちに行動を起こしていました。

突っ立っていた彼の手をとると、ぐいっと引っ張って椅子に座っている自分のほうに引き寄せました。そして私の前にひざまずく格好になった彼に、濃厚な口づけをしたんです。一瞬、目を白黒させて驚いていた彼でしたが、やがてすべてを受け入れたかのように体の力を抜き、自分のほうからも私の体に両手を回して抱きしめ、口づけに応えてきました。

「んはあぁぁっ、せ、先生……っ」

「んっ、……佑磨くん……っ」

そうしてたっぷり五分ほどもお互いの唇をむさぼっていた私たちでしたが、そこで私はやにわに立ち上がると、つかつかと入口のほうに歩いて向かい、ドアの内側から施錠しました。

「はぁ……これで誰にも邪魔されないわ」

「せ、先生……」

私と彼はあらためて、お互いの気持ちを確かめるように見つめ合いました。

条件の悪い非常勤の教師として学校に都合よくこき使われる立場の弱い私と、なぜとも知れず学校に馴染めずアウトローを気取る彼……そんなはぐれ者同士がいつしか認め合い、惹かれ合い……たとえ言葉に出さずとも〝愛〟のようなものを感じ合っていたんです。なのに今、二人は離れ離れにならなくてはならない……。せつなくも熱い想いが堰を切って溢れ出して……。

もう、止まりませんでした。

私たちはお互い、もどかしいまでにあたふたと服を脱ぎ、全裸で向き合いました。まだ十七歳という若さの彼の肌は染みひとつなくスベスベで、全身がしなやかな筋肉で覆われていました。そしてペニスは、最初剥けていませんでしたが、私が手を伸ばして軽くしごいてあげると、見る間にムクムクと大きくなってきて、立派に勃起するとともにキレイに亀頭が露出し、まだピンク色の先端をひくひくと震わせました。

「ああ、とっても素敵よ……佑磨くんのここ……」

「先生も、とってもきれいだよ……」

彼はそう言って、私の乳房に触れてきましたが、それがお世辞であることは自分でも痛いほどにわかっています。確かに胸は大きいですが、妊娠出産してからこっち、全体に脂肪がつき、昔は凹凸のあったカラダのラインも崩れ、熟れすぎた洋ナシのようになっています。

「いいのよ、無理にそんなこと言わなくても……私、もうおばさんだし……」

「そんなの関係ない……俺にとって先生は、この世で最高のヒトなんだ！」

赤面ものの言葉に一瞬、引きかけましたが、彼はあくまで本気のようで、私は素直にその想いを受け止めることにしました。

「嬉しいわ、ありがとう」

私はそう言うと、彼の前にひざまずいて、勃起したペニスをしゃぶり始めました。

もうカチカチになったその先端からはジワジワと透明の液が滲み出していて、それを舐めると、童貞感のある、えも言われず青臭い、でもとっても爽やかな味がしました。

「あ、ああ、先生……俺、その、初めてで……」

やっぱり。

この素敵な佑磨くんの童貞が私のものになるんだ！

と、心の中で淫らな快哉を叫んだ瞬間、

「ああっ、だ、だめっ……うくぅ！」

私の口の中で、彼は思いっきり射精していました。

「あああ……先生、ごめん、俺、どうにもガマンできなくて……」

彼は、かわいそうなくらい申し訳なさがりましたが、

「ううん、いいのよ。初めてなんだからしょうがないわ。大丈夫、若いんだからすぐに回復するわ」

その私の言葉どおり、続けてしゃぶるうちに、あっという間に再び彼のペニスは大きくなり、私の欲望を激しく煽りました。

「ああ、先生ももうガマンできないわ……さあ佑磨くん、この椅子に座って」

どう考えてもこの部屋に横になるスペースはないので、私は座位での挿入を実行することにしました。

私に言われたとおり椅子に腰かけた彼の股間から、にょっきりとペニスが突き立ち、私は彼と向かい合う格好で腰を沈め、ソレをズブズブと、濡れた女陰で咥え込んでいきました。そして、カラダを揺さぶりながら締め上げていきました。すると、さっき射精したばかりとは思えない力強さでペニスが暴れ、向こうからもズンズンと突き上げてくるんです。

「ああっ、佑磨くん、いい……とってもいいわぁ……あんっ！」

「はぁはぁはぁ……せ、先生っ……先生の中、とっても熱くてミチミチしてて……ああう、俺、また出ちゃいそうだぁ……」

「うん、いいのよ、どんどん突いてぇ！　そして熱いのたっぷり、先生の中にぶちまけてぇっ！」

「ああっ、先生、先生……あくぅぅっ……！」

「あっ、せ、先生も、もう……く、くるぅ……！」

一段と激しく動いたあと、彼は二度目とは思えないほどの大量の精液を吐き出し、私はそれを胎内で受け止めながら、最高の至福の中で絶頂に達していました。

「俺、先生のこと、ずっと忘れないよ」

その言葉を最後に、私たちはもう会うことはありませんでした。

佑磨くんがよそでも、相変わらずちょっとひねくれ気味に、元気でいてくれることを願うのみです。

■オッパイを吸われて感じながら、自分でも腰をよじって、兄の股間をグリグリと……

兄とのスリリングな近親相姦セックスの快感に溺れて！

投稿者　間ふみか（仮名）／30歳／専業主婦

私には二つ年上の兄がいるのですが、実は……絶対に誰にも言えない関係を持っています。

兄は高校時代にいじめにあったことがきっかけで引きこもりとなり、しばらくは家から一歩も出られない状態が続いたのですが、元々頭もいいし、パソコンにも強かったこともあって、そのうち在宅でプログラミングの仕事を始めるようになり、いまだに実家で両親に身の回りの世話をしてもらいながらも、立派に生計を立てていて、なんでも密かに一千万近い年収があるという話です。

そんな兄と私が一番最初に関係を結んだのは、私が高一、それまで登校拒否を続けていた兄がどうにか高校を卒業した、まさに兄が一番追い詰められていた時期でした。

両親が留守をしていたある日、私は兄に押し倒されたのです。

当時もちろん、私は処女で、突然の兄の凶行に多大な衝撃と、死ぬかと思うほどの痛みをこうむったのですが、不思議と兄を憎む気持ちは抱きませんでした。

その時、私を貫きながら、兄は泣きながらこう言ったのです。

「ああ、ごめんな、ふみか、本当にごめん……でも、ふみかのおかげで俺、なんとかがんばって生きていけそうだよ、ああっ……」

元々兄のことは好きでしたが、この日を境に、私はこれから兄のためにできることはなんでもしてあげようと、心に決めたのです。

それから、両親の目を盗んで、私たちは月に一回ほどのペースで関係を結びました。そして、回を重ねるごとに、兄のセックスもこなれていき、私も着実に性感を開発されていき、いつしか私はそれを楽しみにするようになっていきました。

でも、私が高校を卒業し短大に進み、地元企業に就職するうちに、さすがに多忙になり、二人の機会も減っていきました。そしてとうとう、二十七歳の時、私は結婚して家を出てしまったのです。

それで私と兄の関係は終わるかと思ったのですが、そうはなりませんでした。

結婚後何ほども経たないうちに、私の夫がよそに女をつくり、家に寄りつかなくなってしまったのです。一時は離婚も考えました。でも、夫がそれなりの企業に勤める高給取りで、経済的なことを考えると目をつぶったほうが得策、という打算的考えと、徐々に在宅仕事は始めていたものの、曲がりなりにもまだ兄が引きこもり状態の中、これ以上、両親に心配はかけたくないという思いから、そうはしませんでした。

そしてなんと、今度は私のほうから、兄との関係に癒しを求めるようになってしまったのです。

私は何かと理由をつけては実家を訪れ、兄とのセックスを求めました。

「おい、ふみか、今さら俺が言うのもアレだけど、本当にこんなことしてていいのか？」

私にしゃぶられながら、兄は申し訳なさそうに言いましたが、

「全然いいの。これまでは私がお兄ちゃんを助けてきたけど、今は逆に、こうやって私がお兄ちゃんに助けられてるんだよ……ああっ」

と、私は兄にまたがって腰を振りながら答えたのです。

そうやって、二〜三ヶ月に一回の割合で実家を訪ねては、私は兄とのセックスを求めました。

だけど、今年ついに父が会社を定年退職し、夫婦ともども普段家にいるようになってからは、さすがにそうもいかなくなりました。

私は不毛な結婚生活の鬱屈を抱えながら、ひたすら耐え忍ぶ日々を送らざるを得ま

せんでした。実の兄と通じておきながら言うのもなんですが、出会い系やなんかで見知らぬ相手と浮気して発散するようなことは、どうしても怖くてできなかったのです。

でも、ほんのつい最近、クソ夫との激しいいさかいで、本当に怒り心頭に発し、その鬱憤を晴らさないことには、もう気が狂いそうなほどの精神状態にまで追い込まれてしまいました。

私は居ても立ってもいられなくなって、兄のスマホにかけていました。

「お兄ちゃん、私、今から行くから！　絶対に抱いて！」

「え、そんなこと言ったって、今日、おやじもおふくろも家にいるぞ」

「そんなのどうとでもなるわよ！　私、このままじゃアタマがどうにかなっちゃいそうなの！　ね、お願い！」

どうにか兄に了承させると、私はタクシーに飛び乗って実家に向かいました。

「おや、ふみか、いったい今日はどうしたんだ？　突然やってきて？」

「うん、私のパソコンの調子がおかしくて、ちょっとお兄ちゃんに見てもらいたくて」

怪訝がる両親にそう言い繕うと、私は持参してきた、まったくコンディション良好のパソコンを抱えて、兄の部屋がある二階へ上がりました。

そしてノックもせず兄の部屋に入ると、バッグとパソコンを脇に投げ出し、兄に抱きついていました。

「ああん、お兄ちゃん……会いたかったぁ！　思いっきり抱いてぇ！」

私は激しく兄の口を吸い、カラダをまさぐり回しました。

「お、おい、本当に正気か？　下におやじもおふくろもいるんだぞ？　やっぱまずいって！　なあ、ふみか……」

「だってしょうがないじゃない！　お兄ちゃんたら引きこもりなんだもの！　お父さんたちがいようと、家でヤルしかないじゃない！」

私はそう言って、兄をベッドに押し倒しました。そしてお腹の上に馬乗りになると、兄のことを見下ろしながら、自分でブラウスのボタンを外して、服を脱ぎ始めました。

そして、ブラも外してEカップある胸を露出させると、兄の顔にそれを押しつけました。グニュグニュとこね回すようにして、乳首を兄の唇に含ませます。

「はむっ、んぐ、んじゅぷっ……はぁっ、んぐぷっ！」

「ああん、お兄ちゃん、お兄ちゃん、いっぱい……激しく吸ってぇ！」

私は兄にオッパイを吸われて感じながら、自分でも腰をよじって、兄の股間をグリグリと刺激しました。すぐにジーンズの下がパンパンに膨らんでこわばってくるのがわかりました。

「ああん、お兄ちゃんのココ、すっごく硬くなってるぅ！」

私はそう言うと、あわただしく服を脱がせて兄の乳首をチロチロと舐め、その反応を楽しみながら顔を下のほうにずらしていき、下半身を剝いてペニスを咥えました。

私の愛しいペニスはギンギンに勃起して、今日も元気です。

私は両手指で兄の左右の乳首を摘まんで、よじって責めながら、顔を大きくグラインドさせてペニスをしゃぶり立ててあげました。

すると、ようやく兄も観念したようで、

「ああ、ふみか……いいよ……俺にも、ふみかのかわいいオマ○コ、舐めさせて……二人で舐め合いっこしよう！」

と言ってくれて、私たちはシックスナインの格好になって、お互いの性器を無我夢中で舐め、しゃぶり合いました。

「んぐっ、ふはっ、んぐぅ……お、お兄ちゃぁん……んじゅぶっ……」

「はぁっ、ふ、ふみかぁ……ヌチュゥ、ングチュッ……ふみかのお汁、いっぱい出て、美味しいよぉ……」

そしていいよいよもう、私の興奮は頂点に達し、自分からお尻を突き出して、兄に挿入をおねだりしていました。

「はぁ、はぁ……お兄ちゃん、バックから入れて！　私をメス犬みたいに思いっきり犯してぇ……！」

「ああ、ふみか、いいよ、たくさん犯してあげる！」

兄は手早くコンドームを装着すると、私の尻タブをがっしりと掴んで、荒々しく腰を打ちつけてきました。たくましいペニスが私の肉穴を穿ち、ズンズンと揺さぶり貫いてきます。

「ああ、あ、ああっ、お兄ちゃん、いいっ、いいわぁ……っ！」

「はあっ、ふみか、ふみかぁっ！」

兄の腰の抽送が一段と激しくなったかと思うと、胎内でペニスが極限まで膨れ上がるのがわかりました。

私にもオーガズムの大波が押し寄せてきました。

ひと際まぶしい閃光が走ったように感じた瞬間、私はイキ果てていました。

兄もたっぷりとコンドームの中に精を放出していました。

両親に気づかれるかもしれないというスリリングな状況の中での、お兄ちゃんとのセックスのよかったことといったら！

私はさらにイケナイ領域に足を踏み入れてしまったようです。

■全身色白の中で唯一、赤黒くそそり立っていくそれは、そこだけ邪気を感じさせて……

舅の月命日にお仏壇の前で淫らにカラダを開いた私

投稿者 新井智恵子（仮名）／26歳／専業主婦

私が嫁いだ家の姑は、亡くなった舅のことをとても愛し、大切にしていて、もう没後十年近くが経とうとしている今も、きちんと毎月の月命日には、お寺さん（檀家になっている寺院の僧侶のことですね）を呼び、お仏壇に向かってお経をあげてもらっています。

当然、その時、お寺さんにお茶を出したり、車まで送ったりするといった仕事は、嫁である私の務めになっています。

そのお寺さんは三十六歳で永源（えいげん）さんといい、昨年先代が亡くなったということで、今のお寺の五代目の住職になります。今どき、よほど大きなお寺のお坊さんでもない限り、頭髪とか普通の方が多いと思いますが、この永源さんは文字どおり、きれいな坊主頭に剃り上げていて、そのきれいな頭の形と相まって、とても美しい居住まいをしていました。顔だちも端正に整っていて、私、最初に会った時から、そのえも言われぬ色気に密かにときめいていたんです。

なので、永源さんがやってくる月に一度のお勤めの日は、とても心浮き立つものがありました。最初はそれがいいと思って結婚したものの、今になって夫のオラオラ系のところが鼻についてきたという反動もあったのかもしれません。

ある日、アクシデントが起こりました。

近しい親戚が事故に遭い、急遽姑が行かなくてはならなくなってしまったのです。間の悪いことに、その日はちょうど舅の月命日で、月に一度の永源さんのお勤めの日。彼は彼でその前後一週間に渡って予定をずらせないということで、仕方なく、初めて姑抜き、私一人で永源さんをお迎えしてのお勤めになったのです。

いつもどおりお迎えし、まずはお茶を一杯召し上がっていただいたあと、きちんと法衣に着替えてお仏壇に向かっての、永源さんの読経が始まりました。その間、私は後ろで数珠を持って正座し、神妙に聞いています。姑はもはや一緒にお経を暗誦できますが、さすがに私にはまだまだ。

そして読経が終わり、私はねぎらいの言葉とともにコーヒーを出し、用意してあったお布施を差し出しました。

それから、このたびはご親戚大変でしたねえと、永源さんが話を切り出してくれたのですが、これまではもっぱら姑が話し相手をしていたもので、馴れていない私は妙に緊張してしまって、うまく話すことができませんでした。で、なんだかしどろもどろになっているうちに、妙なことを言い出してしまったのです。

「あ、あの、永源さんって、独身なんですよね？　結婚のご予定はないんですか？」

いや、余計なお世話だろって感じですが、彼は、やさしく微笑んで、こう返してくれました。

「それが残念ながら、なかなかいいご縁がありませんで。母からもお寺の先々のために早く伴侶を見つけなさいと発破をかけられてるんですけどねえ、はは……」

「ええっ、そうなんですか？　永源さん、とっても素敵だから、お相手なんかいくらでもいると思いますけど……」

と、私は思わず、思ってた素直な気持ちを口に出してしまっていました。

すると、その瞬間、永源さんの醸し出す雰囲気が、がらりと変わったように思いました。礼儀正しく落ち着きがあって、煩悩など持たない〝僧侶〟から、邪念と欲望に満ち満ちた〝男〟へ……。

「ふうん、智恵子さん、私のことを素敵だと思ってくれてたんだ……すごく嬉しいなあ。だって、私も前々からあなたのことをいいなって思ってたので」

思いもしない一言でした。私はどぎまぎしてしまい、

「え、ええっ？　私ですか？　いやいや、そんなそんな……」

赤面しながら、

「あ、あの、コーヒーのお代わり入れてきますね」

と言って、仏間から出てキッチンへ行こうと席を立ったのですが、腕をぐいっと永源さんに摑まれてしまいました。

「いや、本当に。智恵子さんは素敵ですよ。もし人妻じゃなかったら、私と結婚してほしいくらいです」

そう言いながら、永源さんは私の手を引っ張って再び座敷に座らせると、ずいっとにじり寄ってきました。そして、私の耳朶に熱い息を吹きかけながら、

「今日こうやって二人だけの時を持てたのも、御仏のお導きかもしれません。そのせっかくのご縁、私は無駄にしたくないなあ……」

と言い、うなじを舐め上げてきたのです。

「あっ、ああ、んくぅ……」

ゾクゾクとした甘い電流が走り、それは私の乳首にも達しました。ジンジンと妖しい痺れが性感帯をふるわせてきます。

「ああ、とっても白くてきれいな肌……ねえ、もっと智恵子さんのこと、見せてください」

永源さんはそう言うと、私のカーディガンの前ボタンを外し、下のカットソーの裾をめくり上げて、ブラジャーに覆われた私の乳房を露出させました。そして、流れるような所作でそれも取り去ってしまい……。

「ああ、なんて形のいい、きれいなオッパイなんだ！　乳首も可愛いピンク色で、本当に食べちゃいたいくらい素敵ですよ」

と、ちゅぷりと乳首を口に含み、ちゅうちゅうと吸ってきたのです。

もう私ときたら、永源さんにされるがまま。

だって、拒絶しようなんて気がさらさら起きないんですもの。

それどころか、待ちに待ったこの機会を、とことん愉しんでしまおうという感じでしょうか。もっと、もっとと身も心も永源さんの愛撫を求めてしまうんです。

「あ、ああ……ああん……」

私の服を全部脱がしてしまった永源さんは、続いて自分も手早く全裸になりました。

そのカラダは、色白で細身ではあるものの適度に筋肉がついていて、夫の毛深くて色黒いデリカシーのない姿とは大違いです。

「智恵子さんのご本尊、拝ませてくださいね」

　永源さんはそんなばち当たりなことを言いながら、私の股間を開かせるとぱっくりと開いたアソコに顔を埋めてきました。そして、舌をぬめぬめと蠢かせながら、入口周辺を丹念に舐め回したあと、肉壺の中をぬちゅぬちゅと掻き回してきました。

「あぁっ、あひ、はうぅ、あぁあん……！」

　私は襲いかかるその甘美な快感に、ただただ喘ぎ、悶絶するのみでした。

「じゃあ、智恵子さん、私の立像も舐めてもらえますか？」

　永源さんにそう言われ、私は素直に従うと、彼の股間に顔を沈め、そこはかすかに色黒い珍宝を咥え込み、しゃぶり始めました。全身色白の中で唯一、赤黒くそそり立っていくそれは、そこだけ邪気を感じさせる存在感に溢れていました。

「ああ、智恵子さん、上手ですよ……珍宝、たまらないです……」

　しばらくそうやって、私の口戯に喘いでいた永源さんでしたが、やおらがばっと立ち上がると、私を四つん這いにさせて、後ろからがっしりと尻肉を摑んで言いました。

「ああ、この柔らかくて真っ白なお尻……ここに、私の一物、入れさせてもらいますね。いいですね？」

「は、はいぃ……！」

私はさらなる快感の予感に喘ぎつつ即答し、彼の侵入を待ち受けました。

するとぐぐっと力強い脈動が叩きつけられ、

「あひっ、ああっ、あああああっ……」

「くふぅ、熱い……締まるぅ……っ！」

永源さんはそう言って呻きながら、がんがんと私の肉壺を突き、穿ちました。

押し寄せる快楽の大波の中、ふと見上げた私の視線の先には、まだ御開帳されたままのお仏壇が……なんてばち当たりなんでしょう。せめて閉めておけばよかったわ……私は今さらそんなことを思いながら、永源さんの射精を受け止めつつ、快楽浄土へと昇天していたのです。

それからも、もちろん月に一度、永源さんはやってきますが、お互いに素知らぬ顔で秘密を守り続けている私たちなのです。

■私は裏筋の敏感な部分を舐め上げながら、先端を咥え込んで激しくしゃぶり立てて……

ごく普通のナンパから始まった衝撃の運命の再会！

投稿者　白戸麻由子（仮名）／31歳／パート

私の世にも罪深い体験を聞いてもらえるでしょうか？

私、歳のわりには若く見られるほうで、街を歩いていてもしょっちゅうナンパされたりします。

つい先月のことです。とある火曜日、パート終わりの午後三時頃、たまには洋服でも買おうかな、と思ってショッピングモールの中にあるお店を物色してたら、

「お姉さん、今日はお買い物？　僕もつきあってもいいかな？　一人で選ぶより、二人のほうが、より客観的に服選びができるってもんじゃない？」

と、すごい若い男の子から声をかけられました。

どう見ても十六〜十七歳というところでしょうか。細身でスタイルがよく可愛い顔をしていて、まんまジャニーズ系の子でした。

さすがの私もここまで若い子から声をかけられるのは初めてです。

どうしようかなぁと、ちょっと迷ったのですが、今日は夫も残業で遅く、早く家に帰っても一人でつまらないので、彼の誘いに乗ることにしました。

「やったね。僕、こう見えても、よくファッションセンスいいって言われるんだよ」

そう言う彼の笑顔はとっても無邪気で魅力的で、私はあっという間に心を摑まれてしまいました。

彼は勇樹くんといって、今十七歳。高校には行っておらず、中学を出てから大工の親方のもとに弟子入りし、働きながら修業中の身で、今日は週に一回の休みの日だといいます。大工さんという感じには見えなかったのでちょっと意外でしたが、そう言われてみれば、単なる細身ではなく、いわゆる細マッチョかもしれません。

彼と一緒に服を見て回り、あれこれと意見や感想、アドバイスなんかを受けながら服を選び、それはとっても楽しい時間でした。

おかげで納得の一着を買うことができたあと、二人でお茶を飲みました。時刻はまだ四時半。私たちは別れがたいものがありました。

そして、どちらからともなく、手を取り合い、ホテルへ向かいました。これって淫行になっちゃうのかしら……私はそんなことを思いながらも、もう胸の昂ぶりを抑えることができませんでした。勇樹くんも同じ気持ちのようで、まっすぐな瞳で私を見つめ、ぐっと強く手を握ってきます。

ホテルに入ると、二人でシャワーを浴びて洗いっこしました。

なるほど、彼のカラダはさすがに無駄なく引き締まり、要所要所の筋肉の盛り上がりが、うっとりするほどセクシーで……日々の労働によって培われたホンモノの男の魅力を発散していました。

「お姉さん、着やせするタイプなんだね。こんなにナイスバディだとは思わなかった……って、ごめん！　偉そうなこと言っちゃって、へへ」

彼の悪気のない言葉に、いいえ、と私は応え、それからベッドへと向かいました。

彼は、さすが若いうちから社会に出ているだけあって、ある程度の女性経験があるのでしょう、それなりの手順とテクニックで私を愛撫してきてくれましたが、そうはいっても、倍近い年齢の人妻の、私の手練手管に敵うわけもありません。

私は彼を寝かせて、ねっとりたっぷりと愛してあげました。

若さそのままに、暴力的なまでに勃起したペニス。私はその裏筋の敏感な部分を舐め上げながら、舌先を妖しく亀頭に絡みつかせつつ、ずっぽりと先端を咥え込んで激しくしゃぶり立てました。

玉の袋も口に含むと、口内でコロコロと転がしながら吸い搾ってあげました。

同時にアナルにまで舌を這わせ、すぼまりをつついて刺激しつつ、一気に玉から竿、亀頭へと舐めしゃぶり上げるという攻撃を繰り返したのです。

「ああっ、す、すごい、か、感じるぅ……ぼ、僕、もうたまんないよぉ……」

彼はそう喘いだ瞬間、ビクビクッと腰を震わせて、私の口内に激しく射精していました。そのザーメンは、なんだか爽やかな味がしました。

「ああ、ごめんなさい、お姉さんのテクがすごすぎて、ガマンできませんでした……で、でも、すぐに回復するから！」

勇樹くんはそう言い訳して、事実、わずか二〜三分後には、またペニスの勃起を復活させていました。そしてそれを振りかざしながら、さっきのお返しとばかりに、私のアソコを激しく舐め、吸い、可愛がってくれたのです。

「ああ、いい……私も気持ちいいわぁ……んんっ……じゃあ勇樹くん、そろそろ私の中に入れてくれる？」

私はもう彼のオチン〇ンが欲しくて欲しくてたまらず、そうおねだりしていました」

「うん、わかった！　お姉さんのこと、いっぱい愛しちゃうからね！」

彼はそう言うと、ずぷぷぷっ、とペニスを突き入れてきました。そして、徐々にピストンのスピードを上げて、私の奥の奥まで突きまくってきたのです。

「あ、ああ、ああああっ、いい、いいわ……感じる〜〜〜っ！」

私は我を忘れて勇樹くんの激しい愛を受け入れ、悶えまくりました。すると、勇樹くんのほうも、再び精が溢れてきたようで、

「ああ、お姉さん、僕も、僕もまた……ああっ……」

「いいのよ、思いっきり、出しちゃって〜〜〜っ！」

「うっ、ううう、くはぁっ……」

彼は二度目とは思えないほどの大量の精液を放出し、私はそれを、あられもなくイキまくりながら、カラダの奥の奥で受け止めたのです。

そして、私たちは激しい快感のあとの、けだるい余韻を楽しんでいました。

すると、問わず語りに勇樹くんが自分の身の上をしゃべり始めました。

自分は生まれてすぐに実の母親のもとから離され、福祉の施設に預けられたこと。数年後、そこから里親のもとに引き取られ、途中少しグレたりもしたけど、里親の深い愛情に支えられて、まじめにがんばるようになったことなど。

私はその話を聞いているうちに、かすかに体が冷たくなっていく気がしました。その話、私も知ってる。だって、私もそれと同じことを、若い頃にしているんだもの。

そうなのです。実は私、中学二年の時に家出をし、ある男に拾われてその毒牙にか

かり妊娠してしまい、気づいた時には堕胎するにも時すでに遅く、父親が誰とも知れぬ子供を産んでしまったのです。一計を案じた私の両親は、その子供を私の手から引き離し、施設に預けることを選択したのです。

勇樹くんの年齢と年の頃は合致していますが、まあ、そんなような話は世の中にいくらでもあるはず。私は自分にそうやって言い聞かせながらも、さりげなく、彼にいろんな質問をしていきました。その施設はどこにあったのか、里親はどんな人だったのか、どこの小・中学校に行ったのか……そして、彼の答えを聞いて、私は心の底から訊かなきゃよかったと後悔しました。

そう、あくまで状況証拠に過ぎませんが、彼から得た情報を総合すると、限りなく勇樹くんは、私が昔産み、捨てた、実の我が息子だとしか考えられませんでした。

私はものすごく気分が悪くなってしまい、心配する彼を残して着替えると、逃げるようにホテルを飛び出したのでした。

果たして、彼が真実、私の血を分けた子供なのかどうかは神のみぞ知る、ですが、この時ほど、自らの若気の至りを悔やんだことはありません。

■Kさんはこじ入れるように水着の脇から指を侵入させ、肉裂をクチュクチュと……

公共のプールの水中で悶えまくるハタ迷惑な私たち

投稿者　脇坂朱里（仮名）／28歳／専業主婦

私が通ってるスイミングクラブには、朝の部と、昼の部と、夜の部があって、それまで私は仕事や家庭の都合もあって、おもに夜の部に行ってたんだけど、このことがあってから、絶対に朝の部に行こうと、心に決めたわけ。

え、なんのことかわからないって？　ふふ、それはね……。

その日、前日に夫とつまらないことで夫婦ゲンカしたこともあって、なんだかむしゃくしゃしてた私は、体を動かしてスッキリ気分転換したくて、初めてスイミングクラブの朝の部に行ったのね。

なんでもいつもは、午前中は中高年の人でいっぱいでごったがえしてるって話だったのが、その日に限って来ている会員の人はほんの数える程度。私はラッキーって感じで、五十メートルプールの一番奥のコースを独り占め、我が物顔状態で泳ぎまくってたわ。

そしたら、スイ～ッて一人の男の人が泳ぎながら近づいてきたの。

それは、よく夜の部で顔を合わせてた、Kさん（四十歳）だった。

彼は在宅でデイトレーダーの仕事をしているので時間の融通が利き、この日はそういう気分だったので、朝の部に顔を出したっていうことだった。

「へえ、それは奇遇ですね。なんだか私たち、縁があるのかな？」

私は、夫とのわだかまりを抱えているっていう精神状態だったからか、夫へのあてつけ気分もあって、あえてそんなふうな思わせぶりなことをKさんに向かって言ってた。まあ、もちろん、彼がなかなかのイケメン中年で、前からちょっといいなって思ってたこともあったんだけど。

「ははは、そうかもね。僕もいつも脇坂さんのナイスバディにくぎ付けだから……夜の照明じゃなく、窓から差し込む朝の光の中で見る水着姿も、またひと味違って素敵だね。いや、本当」

と、Kさんからも思わぬギラついた言葉が！

おお、そうきますか？　って感じよね！

朝っぱらから、これって完全に私のこと、誘ってるって思わない？

私のほうもがぜんウェルカム状態で、上目遣いに彼にまとわりつくような視線を送ってたわ。

彼のほうもニヤリと笑って、ああ、これがよくいう〝以心伝心〟っていうやつか、って、私初めて実感しちゃった。

二人、かなり接近したところで周囲を見ると、全部で八コースあるうちの向こう二コースには、泳ぎを習いに来ているお年寄りたち数人とインストラクターがいて、ちょっとにぎわってるけど、間の五コースはがら空きで、いわば私とKさんは、ほぼ孤島に二人状態だった。

これなら、水面下であれば、ある程度の無茶しても、ばれっこないわよね。

私とKさんはあらためて目くばせして、お互いの意思を確認し合った。

すると、Kさんが両手を伸ばして、私の競泳用ワンピース水着の左右の胸を揉み込んできた。水の中で、生地を突き破らんばかりに張っている私のGカップの乳房が、ムニュムニュとKさんの手によって歪みたわめられ、私はそれを自分で見つめながら、どんどんエロい気分になっていくのがわかった。

そこで私は、手を下のほうに伸ばして、そっとKさんのビキニパンツの前の膨らみに触れ、水面下でキュッ、キュッと揉んであげた。

「ん、んんんっ……」

すると、Kさんが唸るように言い、私の手の中で見る見る水着の下のモノが硬くこわばってくるのがわかったわ。

「ああ、脇坂さん、んんっ、うむぅ……」

私の揉み込みにさらに声を妖しく震わせながら、Kさんのほうも下に手を伸ばして、私の股間を愛撫してきてくれた。最初は水着の上からさすってるだけだったけど、私が身をくねらせて少し悶えると、さらに踏み込んで、こじ入れるように水着の脇から指を侵入させ、肉裂をクチュクチュといじくってきた。

「はぁ、ああ、あふぅ……」

いくら離れているとはいっても、プールという同じ空間の中に複数の他人がいる状況で、マ○コを愛撫されてるっていうシチュエーションも相まって、私はうなぎ上りに感じ、興奮してしまってた。

こっちもギアを上げて、水面下でKさんの水着をずり下げると、見事に勃起したチ○ポを、きつい締めつけの中から、水中に解放してあげた。

そして私たちは、立ったまままお互いの性器を手で愛撫し合い始めた。

Kさんのチ○ポをしごいてあげると、水中でも先走り液がヌルヌルと先端から滲み出しているのがわかり、私はそれを絡めながら、ニチュニチュと責め立てた。

Kさんのほうも私のマ○コの中を縦横無尽に掻き回し、その淫らで激しい音が、水中からでもグチュグチュと聞こえてきてしまいそうだ。

「ああ、ふぅ、脇坂さん……ああっく……！」

「ああん、Kさん、いい……あうんっ……」

私たちの相互愛撫はますます激しさを増していき、もう立っていられないほど、感じてきてしまった。

Kさんのチ○ポももう……！

「うっ、イク……ッ！」

ほうら、爆発しちゃった。

私も何度もイってしまい、その間に一体どれほどのエロい体液が、Kさんのザーメンと一緒にプールの水中に分泌されてしまったことやら。

まさか、私たちの他にこんなことしてる人、いないとは思うけど、万が一ってこともあるしねぇ……というわけで、私はプールを使うなら、まだ誰にも汚染されてない、午前中にするぞって決めたのね。

■私は一匹の淫乱メス犬に成り下がり、だらだらとヨダレを垂らしながらしゃぶり……

街中の多機能トイレは私とカレの淫らなホットスポット？

投稿者 杉浦遼子（仮名）／31歳／パート

とにかく、カレって時間がないんです。

あ、カレって私のセフレの京太さんのことなんですけど、某宅配便のドライバーをやってて、ほら、今いろいろ労働環境の改善とかうるさく言われてるじゃないですか？　もっとドライバーさんたちの負担を軽くしないと、人手不足が深刻だって。まあ、京太さんのところはそんなに有名なところじゃないんで、まだその影響を受けてはいないんだけど、そのくらい忙しいってことです。

でも、半年前に知り合って、一度そのたくましくて精力的なセックスを知っちゃった日には、もう、最低でも週に一回はカレにシてもらわないと気が狂っちゃいそうな私なんです。

だって、みっともなく太って体力も落ちちゃった夫には、もう私を悦ばせることなんて、百パー無理なんですもの。

そんなわけで、日々チョー忙しい京太さんと、どうやって時間を作ってセックスするかに、日々知恵を絞ってる、ろくでもない欲求不満妻の私なんですけど、最近の定番は、なんといっても〝多機能トイレH〟ですね。

ほら、昨今あちこちでお目にかかりません？

ちょっと気の利いたところなら、普通のトイレと併設される形で設置されてる、広い個室タイプのトイレ。あ、もちろん、基本的にはこれが、体の不自由な人とかが車椅子でも楽に利用できるようにっていうのが主旨なのは知ってますよ？

でも、考えてみてくださいよ。

駅とか、公園とか、商業ビルとか、主だったところには大抵あってアクセスは抜群、水回りもあって清潔だし、広くてプライバシーも保てて……まあ、横になれる感じではないのが玉にきずですが（当たり前だ！）、これって忙しい現代人のための最高のHスポットだと思いません？（おおげさ……）

なので、最近の私と京太さんは、もっぱらここを定宿（？）にしてるんです。

この間も、京太さんはちょうど私の家のある地区に配送に来たんだけど、なにしろいつもどおり時間が三十分しかないっていうもんだから、最寄りのショッピングセンターの中にある多機能トイレ前で待ち合わせることにしました。

約束の時間より私のほうがちょっと早めに来て、個室が空いたところで中に入ると鍵をかけました。そして、中でじっと京太さんが来るのを待つんです。

そしてそのすぐ二～三分後に、ドアに二人の間だけで通じる合図のノックがありました。私はその瞬間、一秒たりとも無駄にすまいとマッハでドアを開け、京太さんを迎え入れます。

そして、いつもどおりカレを壁を背に立たせると、もどかしげにカチャカチャとベルトを外して、ズボンと下着を足首まで引きずり下ろしました。

「ああ、京太さん、会いたかったぁ！」

「とか言って。会いたいのは俺じゃなくて、このチ○ポのほうなんじゃないの？」

「あ、ばれたぁ？」

なんてピロートークみたいなのを交わしながら、私はひざまずいてカレのチ○ポをしゃぶり上げるんです。今日もここまで一生懸命ハードワークにいそしんだみたいで、カレのチ○ポからは甘酸っぱい汗の匂いが立ち上っています。それがまた、なんとも淫らに私の欲望に火をつけるんです。

「ああん、おいちい、おいちいよぉ、京太さんのチ○ポォ！」

私は一匹の淫乱メス犬に成り下がり、だらだらとヨダレを垂らしながら、ジュルジユル、シャブシャブとねぶり、バキュームします。

「くぅ、相変わらず激しいなぁ、アンタのフェラ……ほんとにダンナとの間が満たされてないんだなぁ……お気の毒さま」

「ふ、ふむはひっ（う、うるさいっ）！」

私は咥えたまま、そう怒って見せると、今度はカレを便座の上に座らせて、その前に立ちはだかると、自分でスカートをまくり上げて、準備よくノーパンでやってきた股間を彼の顔に押しつけました。

「ああん、いっぱい舐めて、私のマ○コ、ぐちゃぐちゃにしてぇ！」

「いや、もうとっくにぐちゃぐちゃだけど（笑）」

彼はそんな憎まれ口を叩きながらも、私のマ○コに舌を差し入れて濃厚かつ激しく吸い舐め、ヌチュヌチュと掻き回してくれました。

「あひぃっ、いいっ、いいのぉ……か、感じるぅ……！」

とかやってたら、もう時間があと五分ちょっとしかありません。

私は慌てて、そのまま座っている京太さんの股間の上に腰を沈めていきました。ぐ、ぐぐぐ……と、濡れマ○コがたくましい勃起チ○ポを呑み込んでいきます。

と、その時でした。

ドアにノックの音がしたのです！

もう二十分以上、私たちはここを独占してるわけですから、さすがにもうタイムリミットです！　私は心の中で、

(すみません、あともう三分で出ますから！)

と外の人に謝りながら、激しく腰を上げ下げして、チ○ポの肉感をこれでもかと味わいました。個室内に、ぐっちゅ、ぬっちゅ、ずっちゅと、あられもなく淫らな音が響き渡ります。

そして、カレのほうもひと際強烈に下から突き上げてきたかと思うと、私は熱いほとばしりを胎内で感じながら、突き抜けるような絶頂に達していました。

その後、私はいかにも具合の悪そうな様子を装い、京太さんの肩を借りながら多機能トイレの個室から出ました。

「すみません、この方が急に具合を悪くされたようなので、慌ててこの中で介抱してたんです」

京太さんの言い訳を、果たして相手の人が信じたかどうか……と、こんな修羅場を踏みながらも、やめられない私たちなんです。

■私はなおも畳み掛け、舅の着ているパジャマの前をはだけ、その胸に唇を這わせて……

病身をいいことに愛しい舅を逆レイプしてしまった淫ら嫁

投稿者　前川あかり（仮名）／24歳／専業主婦

私は常識では考えられない人を好きになってしまいました。

それは結婚した男性の父親。

そう、舅です。

それというのも、好きで結婚したはいいものの、一年も経たないうちに夫がよそに愛人をつくり、家に寄りつかなくなってしまったのが、まずは始まりでした。

そのことを聞き知った舅が、息子である夫に意見してくれたのですが、夫は聞く耳を持たず、それどころか逆ギレして、舅に殴りかかろうとしたくらいでした。

「俺はいい給料を家に運んでやってるんだ。それでもう充分だろう！　こいつときたらアレの時、とんだマグロで面白くもクソもねえんだよ！　俺は外でやりたいようにやるんだ！」

だなんて、真面目でやさしい人だと思ってたのに、こんな本性だったなんて……私は一時は離婚も考えたのですが、舅に懇願されて思いとどまったのです。

「あかりさん、本当にすまん……とんだバカ息子で。でも、なんとか辛抱してやってくれないか？　あれも早くに母親を亡くしたもので、私もかわいそうでついつい甘やかして育ててしまったかもしれない。悪いのは私なんだ。あいつもそのうちきっと目が覚めてくれると思うから、頼む、私の顔に免じて離婚だけはしないでくれ」

夫にとっての母親……妻を亡くした悲しみは舅も一緒なはずなのに……私はむしろ舅のほうが不憫で仕方なかったのです。

そして、それから舅は、頻繁に私たちの自宅マンションに、その都度気の利いた手土産を持って訪れるようになり、私の話し相手になり、何かと元気づけてくれるようになったのです。

舅は今六十一歳。勤めていた会社をいったん定年退職し、すぐに年契約の役員となって復帰し、顧問的役割を負いながら悠々自適の生活を送っています。若い頃からいろんなスポーツに親しみ、年齢を感じさせない若々しさを持つ、とても魅力的な人でした。そんなわけもあって、私が舅に心惹かれるようになるのは、時間の問題だったのかもしれません。

でも、仮にも義理の親子の間柄です。実際問題、好きになったからといって、そう易々と一線を越えるわけにはいきません。私は、滅多に夫の戻らないマンションで、一人ぼっちの生活を送りながら、日々悶々と舅への想いをたぎらせていったのです。

そんなある日のことでした。

舅から私のスマホに連絡があったのです。

「どうやら風邪をこじらせてしまったみたいで……あかりさん、大変申し訳ないんだが、一日～二日でいいから、身の回りの世話をしてもらえないだろうか？　どうにも体がいうことを聞かなくて」

私は、もちろん二つ返事で了承しました。夫と二人兄弟の弟の忠文さんも独立して家を出てしまっているので、舅は今独り暮らしなのです。さぞ大変なことでしょう。

私はそんな同情心とともに、あわよくば、というやましい思いを胸に舅の家へと急ぎました。

家に着くと、舅は憔悴した顔で六畳の和室で布団に寝ており、いかにも具合が悪そうでした。

「お義父さん、もう安心ですよ。なんでも言ってくださいね。私、精いっぱいお世話させていただきますから」

私がそう語りかけると、舅は目じりに涙をにじませながら、何度も何度も礼を言いました。

　そして、熱さましの水枕を換えたり、おかゆの食事を用意したりといったことを中心に、私は多岐に渡ってかいがいしく舅のために立ち働きました。その甲斐あってか、徐々に舅の風邪も抜け、体調が回復していきました。

　翌日の夕方、八割がた治った舅は、

「本当にご苦労かけたね。あかりさんも疲れただろう？　もう大丈夫だから、帰って休んでおくれ。お礼に今度、とっても美味しいものでもごちそうするよ」

と、私をねぎらってくれましたが、私は後ろ髪を引かれる思いで、家に帰る気が起こりませんでした。そして、こう言っていたのです。

「お義父さん、私、お礼なら別に欲しいものがあるんです」

「ん？　なんだい？　私にできることならなんでも言ってくれていいよ」

そう応えてくれた舅に、私は問答無用で抱きついていました。

「私、お義父さんが欲しいんです！」

　さすがの舅もうろたえて、

「お、おいおい、あかりさん、何やって……？　年寄りをからかうもんじゃないよ」

と、絡みついた私の手をほどこうとしましたが、私は負けませんでした。そして、

「お義父さんは年寄りなんかじゃありません……私にとっては、すごく素敵な一人の男性なんです！」

と言って、むしろ、抱きついた手に、より力をこめていました。

「んっ、んぐぅ……んんぅ……」

私は寝ている舅の上に覆いかぶさり、激しく口づけしていました。ほぼ治ったといっても、舅も体力までは戻っておらず、まだまだ力が入らないようで、私のことを押し返すことができず、唇を吸われるままでした。

「んぐっ、あ、あかりさ……ん、んんんぐぅ……」

私はなおも畳み掛け、舅の着ているパジャマの前をはだけ、その胸に唇を這わせていました。やはり年齢を感じさせない、筋肉ののったたくましい胸をしています。

「ああ、お義父さん……んんっ……」

舅の乳首をレロレロと舐め、チュウチュウと吸いました。そして同時に手を下半身に伸ばして股間をまさぐりました。

「ああっ、あかりさん、だ、だめだ、こんなこと……っ、くはぁっ！」

その拒絶の言葉とは裏腹に、舅のそこは見事に反応していました。パジャマ越しの私の愛撫に煽られるままにビクン、ビクンと打ち震え、またたく間に天に向かって屹立していきました。

（あ、あの人のより、全然大きい……）

私は思わず深いため息をついて、もう早くナマで触れたくてたまらなくなってしまいました。

「ああん、お義父さん、とても素敵ですぅ……」

息を喘がせながら言うと、私は素早く衣服を脱いで裸になり、舅のパジャマズボンと下着を引き下ろし、自分の胸を口に押しつけながら、手を伸ばしてペニスをしごき立てました。

「ああん、お義父さん、乳首、吸ってくださいぃっ……はぁん、いい、いいわぁ……あうん、噛んで、噛んでぇっ！」

「んぐぅ、あ、あかり……さ、ん……っ！」

私の乳房と乳首を吸いしゃぶりながら、舅のほうも私の執拗な手淫愛撫にさらされ、腰を跳ね上げながら、悶え感じていました。もう怖いくらいに勃起しまくっています。

「ああん、お義父さん……お義父さんのコレ、私の中に欲しいの！　いい？　入れてもいいですかっ？」

私が切羽詰まった声で問うと、舅は私の乳房で口をふさがれて声は出せませんが、うんうんとうなずいて了承してくれました。

私はそれを確認すると、喜び勇んで舅の腰の上に馬乗りになり、自分からペニスをアソコに咥え込んでいきました。

熱くて硬いその昂ぶりに肉穴を貫かれて、私はたまらず、あられもない喜悦の叫びを上げていました。

「あふっ、ああ、ひあああぁぁっ……！」

「くうっ、あかりさん、すごい……あくぅぅっ……」

私の激しい腰の振り立てに、舅はあっという間に限界を迎えてしまったようでした。

ブルブルッと体を震わせると、

「あかりさん、ううっ、もうだめだ……イ、イクッ！」

と呻き、私もそれに応えて一段とアソコをきつく喰い締めて、

「ああ、お義父さん、あたしも……イ、イキますぅ！」

そう喘ぎ、二人一緒に達していました。

こうして、私と舅は、誰にも言えない秘密を共有する仲となったのです。

人妻手記
秘密のセカンドパートナー～不倫妻たちの告白

平成30年1月23日　初版第一刷発行

発行人　後藤明信
発行所　株式会社　竹書房
〒102-0072　東京都千代田区飯田橋2-7-3
電話　03-3264-1576（代表）
03-3234-6301（編集）
ホームページ：http://www.takeshobo.co.jp
印刷所　中央精版印刷株式会社
デザイン　株式会社　明昌堂

定価はカバーに表示してあります。
乱丁・落丁の場合は小社までお問い合わせください。
ISBN 978-4-8019-1349-3 C0193
Printed in Japan

※本書に登場する人名・地名等はすべて架空のものです。